EIN PERRY RHODAN-TASCHENBUCH

Arndt Ellmer

Ein Befehl für Hamiller

VERLAGSUNION ERICH PABEL-ARTHUR MOEWIG KG,
7550 RASTATT

PERRY RHODAN-Taschenbuch
erscheint monatlich in der Verlagsunion Erich Pabel-
Arthur Moewig KG, 7550 Rastatt

– Originalausgabe –
Titelbild: Alfred Kelsner
Redaktion: Dr. Florian F. Marzin
Vertrieb: Verlagsunion Erich Pabel-Arthur Moewig KG, 7550 Rastatt
Druck und Bindung: Elsnerdruck, Berlin

Alleinvertrieb und Auslieferung in Österreich:
Pressegroßvertrieb Salzburg Gesellschaft m.b.H.,
Niederalm 300, A-5081 Anif
Einzelheft-Nachbestellungen richten Sie bitte an:
TRANSGALAXIS-Buchversand, Postfach 1127,
6382 Friedrichsdorf/Taunus
Lieferung erfolgt gegen Vorkasse (zuzügl. DM 3,– Versandkosten),
per Nachnahme (zuzügl. DM 6,– Versandkosten) oder gegen Rechnung
(zuzügl. DM 3,– Versandkosten).
Abonnement-Bestellungen sind zu richten an:
Verlagsunion Erich Pabel-Arthur Moewig KG, 7550 Rastatt
Lieferung erfolgt zum Verkaufspreis plus ortsüblicher Zustellgebühr
Printed in Germany 1990
ISBN 3-8118-5174-8

1. *Die Havaristen*

Das gleichmäßige Wummern des überlasteten Feldantriebs verhieß nichts Gutes, und Anthea beugte sich nach vorn und schaltete auf manuelle Bedienung um. Sie wollte auf die Fähigkeiten des Syntrons nicht verzichten, sich aber gleichzeitig die letzte Entscheidung vorbehalten, wenn es auszuweichen oder zu fliehen galt.

Es begann schon wieder. Keine achtzehn Stunden war es her, und der Lärm aus dem Triebwerksbereich wuchs ins Unerträgliche. Der Syntron schaltete eine zusätzliche Akustikdämmung ein, aber sie verbot es ihm. Eine Sekunde später hatte sie erneut dieses Hämmern in ihren Ohren. Es verursachte ihr nicht genau definierbare Schmerzen, so eine Art Migräne, und die Tefroderin verfluchte sich und ihr Schicksal, daß sie ausgerechnet in dieser schwierigen Zeit Dienst für die Kosmische Hanse tat. Eine Rückkehr nach Andromeda wäre ihr lieb gewesen, doch die neuesten Meldungen, die von dort eintrafen, besagten, daß alle Galaxien der Lokalen Gruppe von den Auswirkungen betroffen waren.

Also blieb sie und biß sich durch. Das Wummern ließ ihre Trommelfelle schwingen, aber es lullte sie nicht ein, wie das unter der Einwirkung einer Lärmdämmung hätte geschehen können. Sie wehrte sich innerlich gegen den Lärm und schnitt eine Grimasse, die selbst einen humorlosen Terraner zu einem Lachkrampf veranlaßt hätte.

Ihr selbst war gar nicht zum Lachen. Mühsam befeuchtete sie mit der Zunge die Lippen und fuhr sich durch die schwarzen Haare, die sie rund um den Kopf zu fünfzehn winzigen Zöpfen geflochten hatte, zwischen denen eine gewundene Locke wie ein Turm emporragte. Die samtbraune Haut ihres Gesichts glühte, und ihre Augen wurden starr und traten ein wenig aus ihren Höhlen hervor.

„Jäger fünf an Koordination", stieß sie hervor und nannte ihre Position. „Diesmal weist die Strukturerschütterung Störungsmerkmale auf, wie wir sie am vorletzten Junitag bereits einmal erlebten. Ich bitte um Anweisungen!"

„Hier Einsatzleitung", kam die Antwort eines robotischen Systems. „Ziehe dich auf die Koordinaten des Geschwaderparks zurück und warte dort!"

„Verstanden!"

Der Syntron lieferte ihr gleichzeitig die Daten für den kürzesten Rückflug. Sie betrachtete sie eine Sekunde zu lange. In diesem kurzen Zeitraum vergrößerte sich die Strukturerschütterung um das Zehnfache und nahm gleichzeitig an Intensität zu. Als Ergebnis registrierte Anthea, daß ihr Raumjäger zur Seite geschleudert wurde, als sei er gegen eine unsichtbare Wand geprallt. Der Feldantrieb kreischte fürchterlich und schaltete sich wegen Überlastung von selbst ab. Ein Fesselfeld verhinderte, daß die sechzigjährige Tefroderin wie ein Geschoß aus ihrem Sessel in die Holoprojektoren flog und sich verletzte. Eine Sirene ließ ihr jämmerliches Gewinsel hören, und aus den Akustikfeldern kam die Anfrage des Einsatzleitung-Roboters, ob ihr etwas geschehen sei.

„Nichts!" stieß sie nach einem kurzen Blick auf die Systemwerte hervor. „Es ist alles in Ordnung. Sieh lieber zu, daß die anderen Jäger nicht in Gefahr geraten!"

„Das ist ein Problem, Anthea", erwiderte der Automat. „Aber wir werden . . ."

Die gleichmäßige Stimme brach ab, und unvermittelt klang das rauhe Idiom eines Terraners auf.

„An alle!“ verkündete sie. „Die Schiffsleitung will kein Risiko eingehen. Kehrt sofort zu den Koordinaten Zwölf/Null/Vierzig zurück. Das ist ein Befehl!“

Anthea erkannte Mehldau Sarko an der Stimme. Der Hangarmeister hatte in diesen schwierigen Wochen und Monaten die Verantwortung für die Einsatzgeschwader übernommen.

„Zur Zeit gibt es keine weiteren Erschütterungen, Mehldau“, antwortete sie. „Ich halte Ausschau nach den Positionen einundneunzig bis vierundneunzig. Die Jäger müssen in meiner Nähe sein. Ich schalte den Interferenzschutz der Ortung ab!“

„Du hast deinen Befehl, basta!“ kam die Antwort des Mannes, dann herrschte Stille in der Funkverbindung. Nach einer Weile erst meldete sich die robotische Stimme wieder und gab Daten durch. Sie stimmten mit denen überein, die die Tefroderin in ihrem Syntron hatte. Sie bestätigten ihr, daß sie sich an einer relativ ruhigen Position befand. Weitere Strukturerschütterungen traten in einer Entfernung von mehr als zwanzig Lichtsekunden auf und berührten sie und den Jäger nicht einmal am Rand.

„Verstanden, ich kehre zurück!“

Sie öffnete den Mund und wollte dem Syntron die Anweisung geben, den Rückflug automatisch durchzuführen. Der Mund blieb ihr offen, und ihre Augen fraßen sich an dem fest, was sie plötzlich auf dem Bildschirm sah. Den lauter werdenden Alarm überhörte sie in dieser Situation einfach.

Backbord voraus rasten Lichtblitze durch die Schwärze des intergalaktischen Raumes. Sie nahmen ihren Ursprung an unterschiedlichen Stellen und waren nicht länger als zwölfhundert Kilometer. Dann erloschen sie ohne Ausnahme und hinterließen kleine Masseechos, die sich auf unregelmäßigem Kurs fortbewegten. Anthea war so gebannt von dem, was sie sah, daß sie nicht auf die erneute Warnung aus der Einsatzleitung reagierte.

„Schiffe!" schrie sie plötzlich. „Ich habe Schiffe auf der Ortung!"

Plötzlich existierte auch der Funkverbund mit den anderen Jägern des Patrouillengeschwaders wieder. Die Meldungen überlagerten sich, und aus der Einsatzleitung kam das Rot-Signal. Es setzte automatisch jede Manuellsteuerung außer Kraft und holte die Jäger zum Ausgangspunkt zurück.

Die Koordinaten Zwölf/Null/Vierzig, das war der Hangar in der rechten Seitenflanke ihrer Heimat, mit der sie vor langer Zeit an der denkwürdigen Position vor Anker gegangen waren.

Der Raumsektor hieß X-DOOR.

Ihre Heimat war die BASIS.

Anthea war kein Kind der BASIS. Sie war Medizinerin und Kosmopsychologin aus Andromeda und hatte sich in ihrem bisherigen Leben mit Hunderten verschiedener Spezies beschäftigt und sie studiert. Sie konnte mitfühlen und verstehen, was die BASIS allen diesen Wesen bedeutete, die seit Jahrzehnten mit ihr flogen.

Ja, sie identifizierte sich damit, seit sie Lakoitse kannte. Jeffrey Lakoitse, den Möchtegern-Terraner von Pinterville.

„Dies ist ein Notfall!" suggerierte sie ihrem Syntron. „Dort drüben befinden sich Lebewesen in tödlicher Gefahr. Die Gefahr durch die Strukturerschütterungen hingegen ist zur Zeit vernachlässigbar."

Das Wunder geschah. Der Syntron folgte ihrer Argumentation und blockte den Funkbefehl aus der BASIS ab, leitete ihn zu einem seiner Nebenspeicher um, wo er abgelagert wurde. Anthea behielt die Kommandogewalt über den Jäger und beschleunigte in Richtung des Strangeness-Walls. Sie ortete insgesamt achtzehn Einheiten von der Größe mittlerer Transportschiffe bis hin zu winzigen Rettungskapseln. Und sie erkannte, daß sich sechs weitere Jäger dem Rot-Signal entzogen und demselben Ziel zustrebten wie sie. Sie funkte sie an und machte Vorschläge. Sie teilten das Einsatzgebiet unter sich auf, und Anthea erhielt einen Bereich, der sich ihr am nächsten befand. Sie benötigte keine zehn Minuten, bis sie sich dem ersten der Objekte auf wenige Kilometer angenähert hatte und es abtastete. Es reagierte auf keinen Funkanruf, und als sie dieses Gebilde endlich in einer Rasterung auf dem Monitor hatte, da durchzuckte es sie wie ein elektrischer Schlag.

Ihre Ahnung bestätigte sich. Hastig aktivierte sie den Traktorstrahl und holte das kleine Ding an den Jäger heran. Es war nicht größer als eine Raumlinse, und das Fremdartige daran waren die buckelartigen Wölbungen oben und unten. Sie bremste die Geschwindigkeit des Objekts ab und riß es am Zugstrahl hinter sich her. Sie näherte sich dem nächsten Gebilde und sah, daß es zerplatzt war. Dort drüben gab es keine Atemluft und kein Leben mehr, dennoch ging sie auf Nummer Sicher und gliederte die Trümmer in den Bereich ihres Zugstrahls ein.

In diesem Augenblick schlugen die übergeordneten Kräfte mit aller Gewalt zu. Aus dem Nichts heraus entstand selbst für die Hyperorter überraschend eine Strukturverdrängung, die ihren Ursprung viele tausend Lichtjahre entfernt hatte, und riß alles von der Stelle. Anthea konnte einen der Raumer beobachten, der seine Kugelform verlor und zu einer platten Scheibe wurde. Eine unsichtbare Faust beschleunigte ihn mit Wahnsinnswerten und ließ ihn gegen die sich aufstauende Mauer aus Energie rasen. In einem Lichtblitz verschwand er aus dem Normalraum und kehrte nicht mehr zurück.

Die Tefroderin hatte beschleunigt und verließ das

gefährdete Gebiet. Sie wußte, daß sie nicht zuviel wagen durfte. Einer der Jäger in ihrer Nähe hatte weniger Glück als sie. Er wurde von den Ausläufern der eng begrenzten Verdrängung gestreift und auseinandergerissen. In drei brennenden Teilen trudelte er davon, quer zu ihrer eigenen Flugbahn. Sie verzögerte und behielt den Kollisionskurs bei. Sie unterschied den Triebwerksteil, den Laderaum und den Bug.

„Leo, hörst du mich?“ rief sie in das Mikrofeld. „Dein Syntron ist ausgefallen. Bist du bei Bewußtsein?“

Es traf keine Antwort bei ihr ein, und sie setzte voraus, daß der Pilot bewußtlos geworden war. Zur Sicherheit fing sie alle drei Teile ein und schleppte sie in Richtung BASIS. Nochmals schlug das Phänomen der Strukturverdrängung zu, und der Jäger und seine Beute wurden von den Ausläufern durchgeschüttelt und aus der Bahn geworfen. Für kurze Zeit brach die Energieversorgung für den Traktorstrahl zusammen, und die Tefroderin stieß einen Fluch in ihrer Muttersprache aus, der gut und gern aus der Zeit hätte stammen können, als die Lemurer noch gegen die Haluter gekämpft hatten. Mühsam stabilisierte der Syntron den Kurs und fing die Trümmer dort draußen wieder ein. Wenig später aktivierte Anthea den altertümlichen Linearantrieb ihres Jägers und vollführte eine Minietappe bis zu ihrem Ziel. Knapp vierzigtausend Kilometer über der BASIS tauchte sie in den Normalraum zurück und verzögerte. Eine Viertelstunde später schwebte sie mit ihren Trümmern im Schlepptau in einen der Großhangars ein. Sie übergab die geretteten Teile an das interne Traktorsystem und parkte den Jäger auf der vierten Ebene, wo sie das Fahrzeug verließ und mit einem Antigrav hinunter zur zweiten Ebene glitt. Roboter hatten sich der strahlungsfreien Trümmer angenommen und begannen sie zu untersuchen. Anthea folgte ihnen in den Bug des zerstörten Jägers, wo der Pilot schlaff in einem Rettungsfeld hing. Als sie sich über ihn beugte, schlug er gerade die Augen auf.

„Das war knapp, wenn ich mich nicht irre", grinste Leo Dürk, seines Zeichens Waffenmeister der BASIS. „Darf ich dich bei Gelegenheit zu einem Bier einladen, Anthea?"

Die Tefroderin grinste kurz, dann wurde sie übergangslos ernst.

„Nein, danke, Leo! Aber vielleicht hast du irgendwann mal Gelegenheit, dich zu revanchieren."

Sie klopfte ihm auf die Schulter und machte, daß sie hinauskam. Dürk war wohlbehalten, mehr hatte sie nicht wissen wollen.

Etwas anderes hingegen interessierte die Medizinerin und Pilotin weitaus mehr.

Er tauchte völlig unerwartet unter dem Tor des medizinischen Labors auf. Zuerst war sein großer Spitzschädel zu erkennen, eingerahmt von einem Kranz aus farblosem Flaum. In dem fahlen Gesicht wirkten die roten Albinoaugen wie zwei glühende Kohlen, und der durchdringende Blick hatte schon so manchen dazu bewogen, die Augen zu senken.

Nicht so Anthea. Um ihren Mund spielte ein Lächeln, während sie ihn herausfordernd musterte.

Sie hatte es sich gedacht, daß er kommen würde. Er mußte die Sensation förmlich gerochen haben. Er war zu intelligent, um eine solche Kleinigkeit wie den Überlebenden aus der Rettungskapsel zu übersehen.

Er trat an die Liege heran, tastete den Hauri von oben bis unten ab und schloß dann die Augen. Er sagte kein Wort und nickte ihr zu, mit ihrer eigenen Untersuchung fortzufahren.

So war er eben, und Anthea schätzte an Herth ten Var

vor allem die Verschwiegenheit und die Unauffälligkeit, mit der er sich in den meisten Fällen im Hintergrund hielt. So manche Station in der riesigen BASIS hätte sich glücklich geschätzt, einen solchen Chef zu haben.

Sie schloß den Fremden an die Geräte an und führte eine umfassende Analyse durch. Die Syntrons bestätigten ihre Vermutung. Der Hauri befand sich in einer Art Koma, aus dem er voraussichtlich nicht so schnell erwachen würde. Er war der einzige Überlebende aus den Schiffen, die materialisiert waren.

„Strangeness-Schock“, sagte sie. „Die Symptome sind dieselben, die von den Geräten angemessen wurden, als damals Nikki Frickel zum ersten Mal nach Hangay eindrang. Merkwürdig!“

Wieder nickte Herth ten Var stumm. Er blickte sich suchend um und heftete seine Augen auf den kleinen Monitor, auf dem das in sich verschlungene Symbol der Hamiller-Tube auftauchte.

„Es besteht kein Zweifel, daß sich dieser Fall mit zwei oder drei anderen Fällen deckt, die sich in den letzten Tagen an der Peripherie des Walls ereignet haben“, sagte der Ara mit rauher Stimme. „Blues und Akonen berichteten davon. Es sieht so aus, als versuchten größere Gruppen von Hauri, in den Bereich außerhalb des Walls zu gelangen. Es ist nicht verwunderlich. Sie fliehen vor den Beben in Hangay und deren katastrophalen Auswirkungen. Hangay ist das Zentrum der Vorgänge. Die Jünger des Hexamerons scheinen nicht zu wissen, daß ihre Immunität flötengegangen ist.“

Das war es. Anthea zuckte unter der Erkenntnis wie unter einem Peitschenhieb zusammen. Sie hatte sofort beim Anblick des reglosen Hauri ein merkwürdiges Gefühl gehabt. Jetzt wußte sie, woher es rührte.

„Sie haben recht, Sir“, klang die Stimme Hamillers auf. „Eines der Relaisschiffe meldet, daß mehrere Hauri-

Raumer am Rand von Fornax aufgetaucht sind. Alle Insassen sind bewußtlos. Die Schiffe treiben auf die Kleingalaxis zu und werden von Patrouillenbooten begleitet. Es soll verhindert werden, daß eines der Schiffe einer Sonne zu nahe kommt und mitsamt den Insassen vernichtet wird. Warum diese nicht mehr immun sind, ist nicht feststellbar!"

„Mit anderen Worten, Hamiller, die Hauri haben ihre Immunität gegenüber der unterschiedlichen Strangeness verloren!" stellte die Tefroderin fest.

„Das ist korrekt, Madam", erwiderte die Tube. „Die Ursachen sind nicht bekannt!"

Die beiden Wissenschaftler blickten sich nachdenklich an.

„Herth", sagte Anthea nach einer Weile, „wenn die Hauri den Strangeness-Schock nicht mehr neutralisieren können, dann besteht auch keine Chance, daß sie nach dem Abbau der Strangeness weniger unter der langsam voranschreitenden Degeneration leiden. Wir müssen dann nicht befürchten, daß sie unsere Galaxien mit den Feuern des Herrn Heptamer überschwemmen."

„Hoffentlich behältst du recht. Was soll mit dem Hauri geschehen?"

Anthea überlegte. Sie hatte ihn an Bord gebracht, und sie hielt es für das beste, wenn er wie die Patienten anderer Völker aus den letzten Wochen und Monaten hier blieb und unter der Obhut der Besatzung gepflegt wurde. Irgendwann, und wenn es erst nach fünf Monaten war, würde er erwachen. Dann konnten sie ihn befragen.

„Er bleibt hier im Labor", gab sie zur Antwort. „Hamiller, wie sieht es draußen aus?"

„Es ist ruhig. Keine Struktureinbrüche mehr. Aber wir erhalten einen Notruf aus Sektor OFF-SHORE II. Der Tender KUKULKAN befindet sich in Gefahr!"

Anthea hob die Hand zum Gruß und stürmte aus dem

Labor hinaus. Aus den Augenwinkeln bekam sie noch mit, wie der Ara den Gruß erwiderte. Dann hatte sie bereits andere Gedanken im Kopf. Ihre Schicht in der Staffel war noch nicht zu Ende, und der Alarm, mit dem sie rechnete, ereichte sie kurz vor dem nächsten Antigrav.

Das Geschwader wurde aufgefordert, den Hangar zu verlassen und draußen in einen der Schweren Kreuzer der THEBEN-Klasse einzuschleusen. Javier hatte ohne Zögern auf den Notruf der KUKULKAN reagiert und schickte seine Schlachschiffe los.

Niemand konnte sagen, was bei dem Tender genau los war.

Als der Jäger 5 endlich in seiner Halterung in Hangar 2 der NEPTUN ruhte, lehnte die Tefroderin sich entspannt zurück. Sie atmete tief durch und verlangte eine Verbindung mit der endophysikalischen Abteilung der BASIS. Jeffrey hatte Dienst, und als er ihr Gesicht sah, merkte sie ihm deutlich die Erleichterung an.

„Es geht wieder los, Jeff", sagte sie. „Wir sehen uns wohl erst morgen früh wieder."

„Schade! Viel Glück, Maus!"

„Ciao! Und gib Marna und Bodo Upmark Bescheid. Wir treffen uns wie üblich im Schwimmbad!"

Sie unterbrach die Verbindung und beobachtete auf dem Frontmonitor, wie sich das Schlachtschiff vom Untergrund löste und in den Raum hinaufstieg. Die Oberfläche der BASIS raste scheinbar immer schneller davon und nahm Konturen an. Irgendwann, kurz nachdem sie das riesige Gebilde in seiner vollen Größe gesehen hatte, verschwand es vom Schirm.

Die NEPTUN war in den Hyperraum gewechselt, und Anthea weilte mit ihren Gedanken beim Sinn oder Unsinn der Tatsache, daß die BASIS noch immer bei X-DOOR stationiert war.

Der Heimatkalender zeigte Mitte August 448 NGZ. Seit

dem Auftauchen des vierten Viertels von Hangay waren fünfeinhalb Monate vergangen, und noch immer gab es keine Nachricht von den Verschollenen. Sie waren nicht aufgetaucht, obwohl die AURIGA bereits Anfang März die unmittelbar bevorstehende Rückkehr der übrigen dreizehn Schiffe angekündigt hatte.

Die Tarkan-Flotte, wie sie genannt wurde, blieb verschwunden. Es gab keine Spur von ihr.

Und das, obwohl man von der AURIGA wußte, daß der Strangeness-Faktor eine untergeordnete Rolle spielte. Die Tarkan-Flotte hatte das Phänomen im Griff.

Auch die SORONG war nicht zurückgekehrt, deren Besatzung gegen die Wirkung der Strangeness immun war.

Dennoch oder gerade deswegen behielt die BASIS ihre Position bei X-DOOR bei.

NATHAN und die Verantwortlichen auf Terra, allen voran Galbraith Deighton, hatten es für richtig gehalten.

Hangay! dachte Anthea. Die Galaxis wird zum Fluch für die gesamte Lokale Gruppe. Nach der Ankunft des letzten Viertels der Galaxis aus Tarkan war eine bis dahin rein hypothetische Masse überschritten worden, und das Standarduniversum im Bereich der Lokalen Gruppe hatte angefangen, sich gegen den vollendeten Transfer zur Wehr zu setzen.

Lein Sinnfein lümmelte sich träge in einem Sessel.

Seit acht Wochen hatte sich nichts ereignet. Es gab nichts, was erwähnenswert gewesen wäre.

Keine Meteore, keine anderen Hindernisse in der weiten Leere zwischen den Galaxien.

Da war buchstäblich nichts, und es fiel keinem Schiff ein, in diesen Sektor zu fliegen und ein wenig Abwechslung in den Alltag der Tenderbesatzung zu bringen.

OFF-SHORE II war mit Sicherheit der langweiligste

und unbedeutendste Sektor des Universums, und der Kommandant fragte sich, was er verbrochen hatte, daß er von seinen Vorgesetzten hierher abkommandiert worden war.

Sinnfein strich sich über das unrasierte Kinn. Ein paar Haarsträhnen hingen ihm in die Stirn, und er hatte die Zähne nicht geputzt. Wahrscheinlich hatte er es auch unterlassen, sich zu waschen, aber das fiel bei der zerknitterten und durchschwitzten Kombination am wenigsten auf. Er kaute auf einem Plastikstreifen herum, der sich durch den Speichel langsam zersetzte und zu einem süßlichen, leicht nach Minze schmeckenden Brei wurde. Er schob ihn mit der Zunge genüßlich im Mund herum und schluckte ihn in kleinen Portionen hinunter.

„Archie, wie weit sind wir vom Relais Starion entfernt?“ fragte er und unterbrach seine Nahrungsaufnahme für kurze Zeit.

„Achthundert Lichtjahre, Lein“, kam die Antwort des Ortungschefs. „Wir haben fast keine Fahrt, so wie du es angeordnet hast!“

„Ich habe gar nichts angeordnet“, grunzte Sinnfein. „Alles geschieht auf höheren Befehl. Ich frage mich, worauf wir hier noch warten sollen! Wir müßten dringend einen Planeten anfliegen, um Frischwasser aufzunehmen. Das angeforderte Versorgungsschiff ist seit zwei Wochen überfällig. Setze bitte einen Hyperfunkspruch an das Relais ab. Die Botschaft nach Terra läuft zwar über den Kugelhaufen M 13, aber immerhin läuft sie!“

„Geht in . . .!“ *Ordnung* wollte Benson sagen, aber das Wort blieb ihm im Hals stecken. Im nächsten Augenblick war überhaupt nichts mehr in Ordnung. Die Taster registrierten an die sechzig Reflexe, die übergangslos auftauchten. Da waren Schiffe aus dem Hyperraum gekommen, und sie formierten sich. Sie entdeckten den

Tender und änderten beinahe ohne Zeitverzögerung den Kurs.

Lein sprang auf und starrte den Bildschirm an, als könne er seinen Augen nicht trauen.

„Ortung!“ bellte er. „Ich will genaue Details!“

„Du kannst den Werten glauben“, zischte Archie Benson. „Die dreifache Gliederung der Schiffe läßt keinen Zweifel zu. Es sind Hauri. Die verrückten Werber des Hexamerons soll der Teufel holen!“

Sinnfein schüttelte den Kopf, als wolle er ein lästiges Insekt loswerden.

Der Hauptsyntron hatte längst Alarm gegeben, und die Besatzung des Tenders hastete zu ihren Sicherheitspositionen. Die Zentrale füllte sich innerhalb einer halben Minute, und als der letzte Transmitterbogen knisternd in sich zusammenfiel, nahm der Kommandant es mit einem Schulterzucken zur Kenntnis.

Draußen, über der Landeplattform des Tenders, lag der dünne Film des Schutzschirms, und an den Ecken des Raumfahrzeugs fuhren die Türme aus und begannen zu glühen. Die KUKULKAN hatte alle ihre Defensivsysteme aktiviert und wartete auf das, was sich ereignen würde.

„Gib mir eine Funkverbindung, Tara!“ verlangte Sinnfein.

Tara Ukutsa neigte den Oberkörper nach vorn.

„Verbindung steht. Gültiger Kode. Wir senden in Interkosmo, Kartanisch und Hangoll. Sie müssen uns also verstehen!“

„Hier terranischer Tender KUKULKAN!“ begann Lein Sinnfein. „Bitte identifiziert euch. Woher kommt ihr? Und was sucht ihr in diesem Sektor?“

Die Automatik wiederholte den Spruch in kurzen Abständen, aber keines der Schiffe gab eine Antwort. Der Pulk strebte auseinander und bildete eine Staffelformation, die sich dem Tender aus drei Richtungen näherte.

„Hölle, Tod und Teufel!" fluchte Sinnfein. „Die haben vollends den Verstand verloren. Fahrt auf fünfzig Prozent LG! Abdrehen auf Ypsilon-vierzig und Zettzwanzig!"

Der Tender änderte seine Flugbahn und beschleunigte mit aufglühenden Triebwerken. Die Hauri-Schiffe änderten sofort ihren Kurs. Das Manöver war zu eindeutig, um mißverstanden zu werden.

„Alle Mann in die Boote!" brüllte Sinnfein. Er wühlte in seinen fettigen Haaren und rannte zu der Box, in der sich sein SERUN befand. „Nur die Zentralbesatzung bleibt auf ihrem Posten! Vollzugsmeldung in zwei Minuten!"

Es kam kein Bestätigungssignal, aber auf den Monitoren sah der Terraner, wie die Männer und Frauen zu den Transmittern eilten und sich in die Hangars abstrahlen ließen. Es dauerte vier Minuten, bis der letzte ein Boot betrat und sich das Schott hinter ihm schloß.

„Alarmstart vorbereiten!" wies Sinnfein die Syntrons an. „Achtung, für die letzte Schlafmütze unter den Mechanikern: Dies ist keine Übung! Ich wiederhole: Dies ist keine Übung!"

Die Aufnahmen aus dem All wurden in alle Boote übertragen. Jeder konnte sich ein Bild von dem machen, was sich draußen ereignete.

Die Hauri-Flotte holte den beschleunigenden Tender ein, und ein Teil der Schiffe legte sich ihm vor den Bug. Die KUKULKAN änderte erneut den Kurs, aber der Tender war zu massereich. Er kam nur langsam von der Stelle, und die Geschwindigkeitsanzeige kletterte träge in den gewünschten Bereich.

Noch immer jagte der Funkspruch hinaus, ohne daß sich jemand meldete.

Sinnfein hatte sich längst in den Pilotensessel fallen lassen. Er sprudelte eine Anweisung nach der anderen hervor, und die Syntrons führten sie aus. Nur einmal streikten sie, weil die Anweisung keinen Sinn ergab. Der Kommandant hatte sich versprochen und korrigierte sich rasch.

„Etwas ist faul", stellte er dann fest. „Da drüben ist etwas nicht in Ordnung. Wieso fliegen die Hauri fast mit Seitenberührung? Kann mir das einer sagen?"

Die dreigeteilten Raumer hatten sich zu einer engen Mauer zusammengezogen. Die Zwischenräume betrugen höchstens zwanzig bis dreißig Meter. Das war nach allen Regeln der galaktischen Raumfahrt ein Unding.

Benson lachte auf und nahm den Blick von den Anzeigen.

„Wenn die so weitermachen, haben wir bald kein Problem mehr mit ih . . . Mensch, paßt doch auf!"

Die letzten Worte schrie er. Auf dem Bildschirm entstand eine Lohe aus glühender Energie, und sie schlug in den Defensivschirm des Tenders ein. Die Männer und Frauen in der Zentrale hielten den Atem an.

Die KUKULKAN schüttelte sich. Der Tender erbebte bis ins Innerste, aber der Paratronschirm hielt.

„Alle sechsundzwanzig Schiffe haben in derselben Nanosekunde geschossen", meldete der Syntron. „Die Abstimmung ist perfekt. Auch die Flugmanöver verlaufen völlig identisch."

Das war nichts Außergewöhnliches, aber in Verbindung mit dem nahen Abstand kam Lein Sinnfein ein bestimmter Verdacht.

„Roboter!" stieß er hervor. „Ich will meine Großmutter fressen, wenn die Schiffe nicht robotisch gesteuert werden!"

Die Anwesenden hielten vor Überraschung den Atem an, und die Stille wurde nur von einem erneuten Schrei des Ortungschefs unterbrochen.

Alle drei Verbände eröffneten das Feuer auf den Tender. Die Feuerkraft von achtundfünfzig Schiffen konzentrierte sich auf einen bestimmten Punkt des Tenders hinter der Hauptplattform.

Automatisch legten die Syntrons alle Energien auf den Paratron. Aber das Schirmsystem erwies sich der Modulationstechnik der haurischen Waffen als nicht gewachsen.

„Mist!“ fluchte der Kommandant. „Wir hätten längst die Projektoren gegen neue austauschen sollen. Aber in diesen lausigen Zeiten bekommt man ja nirgends, was man braucht.“

Es war nicht gerade das Chaos in der Lokalen Gruppe ausgebrochen, aber die hyperphysikalischen Erscheinungen mit ihren Auswirkungen auf den Normalraum verunsicherten die Völker und Planeten. Alle dachten nur an ihren eigenen Schutz, und die Aufrufe und Appelle des Galaktikums verhallten nur zu oft unbeachtet.

Der Paratronschirm brach zusammen. Im selben Augenblick traf die volle Energie der Strahlwaffen den Tender.

„Ausschleusen!“ gab Sinnfein noch durch. Sein SERUN schloß sich und aktivierte den Individualschirm.

Die KUKULKAN brach auseinander. Ein Notruf verließ die Hyperfunkantenne, wiederholte sich mehrmals und brach ab, als die Antenne unter der Hitze schmolz, die den Tender innerhalb von Sekunden in eine Gluthölle verwandelte, in der nichts heil blieb. Die Zentrale zerbarst, und die Insassen wurden wie Puppen hinaus in das Vakuum geschleudert. Lein Sinnfein erkannte in der grellen Helligkeit, wie mehrere SERUNS in seiner Nähe trotz Energieschirm zerplatzten. Er selbst prallte gegen ein Stück einer Wand und wurde in eine andere Richtung geschleudert. Hinter ihm gingen die Meiler des Tenders hoch, und der Kommandant nahm flüchtig wahr, daß ein Teil der Hauri-Schiffe in dem entfesselten Orkan ebenfalls zerstört wurde. Vereinzelte Lichtreflexe in mehreren

Richtungen deuteten auf die fliehenden Beiboote des Tenders hin.

„Ihr werdet es bereuen“, zischte Sinnfein. Sein Körper bebte voll ohnmächtigem Zorn über den heimtückischen Überfall. Vor seinem geistigen Auge standen noch immer die Ortungsergebnisse, die der Syntron beim Auftauchen der Schiffe geliefert hatte.

„Der Vektor!“ stieß der Terraner betroffen hervor. „Der verdammte Vektor!“ Er sah einen Schatten, der sich ihm näherte.

„Achtung!“ schrie er in den Helmfunk. „Wer mich hört. Die Schiffe kommen aus Hangay, es gibt keine andere Möglichkeit!“

Der Schatten erreichte ihn.

Sinnfein trudelte zu sehr. Alle Energie lag auf dem Schirm. Er konnte nicht ausweichen. Der Zusammenprall brachte den Schirm zum Erliegen.

Etwas krachte gegen seine Helmscheibe.

Um Lein Sinnfein wurde es dunkel.

Also spricht Heptamer, Sohn der Götter und Herrscher der Eshraa Maghaasu, und belehrt solcherart die Unwissenden: Der Sechste Tag ist das Ende des Anfangs. Es werden Zeichen sein, die die Klugen zu deuten wissen, um den Beginn des Sechsten Tages zu erkennen. Girratu, die Göttin des Feuers, wird ihr Haupt erheben und Hitze verbreiten!

„Schaltet den Quatsch endlich ab!“ beschwerte Anthea sich. Sie schleuste an fünfter Position aus, und jetzt, da der Jäger den freien Raum gewann und sich rasch vom Schiff entfernte, war das ganze Ausmaß der Katastrophe zu erkennen. Außer den Trümmern des Tenders, der an der typischen Ausstrahlung seines Beta-Ynkeloniums zu erkennen war, maßen die Taster die Trümmer von mindestens zehn weiteren Schiffen an. Die gegnerische

Flotte hatte sich in eine Entfernung von gut einem Viertellichtjahr zurückgezogen, aber die Botschaft, die von ihr ausgestrahlt wurde, war unmißverständlich. Die Prediger des Hexamerons hatten ihren Einzug in den Sektor OFF-SHORE II gehalten. Und sie predigten nicht nur Feuer, sie entflammten es auch. Die Tefroderin hätte bei dem Anblick der Trümmer aus der Haut fahren können.

„Irgendwann werden wir etwas dagegen unternehmen, daß diese Wesen sich in der Lokalen Gruppe ungestraft als Meuchelmörder bewegen können", zischte sie. „Und wenn wir eine Art Schutzwall um die Galaxien errichten müssen, ähnlich dem Strangeness-Wall!"

„Was hast du gesagt?" kam die Frage aus ihrem Helm. Sie stammte von Dagmar Joestel, einer der Beibootkommandantinnen. Sie gehörte nicht zu Antheas Geschwader, aber sie befand sich offenbar mit im Einsatz. Wenig später entdeckte die Tefroderin auch die Space-Jet, die über den Jägern flog und sich den Trümmern näherte.

„Nichts", entgegnete sie. „Ich habe nur laut gedacht."

„Die Ortung ist abgeschlossen. Wir sind zunächst unbehelligt. Man wird uns gewähren lassen. Wir beginnen mit der Bergung der Opfer!" sagte Dagmar Joestel. „Anschließend kümmern wir uns um die Hauri!"

Der Syntron des Jägers erhielt Anweisungen. Er steuerte einen bestimmten Bereich an, und Anthea schaltete die starken Scheinwerfer ein und leuchtete in die Schwärze des intergalaktischen Raumes hinein. Sie begann die Trümmer zu mustern und schaltete den Infrarotsucher auf höchste Intensität. Noch strahlten die Trümmer des Tenders starke Hitze ab, und die Körper von Menschen waren dazwischen nur schwer auszumachen. Anthea stellte sich auf eine lange Suche ein.

Noch immer klangen die Worte in ihren Ohren. Die Hauri-Schiffe funkten pausenlos.

Abermals wird der Himmel über den Sternen seine Farbe ändern, und er wird leuchten wie das kostbare Erz Sarttu. Es wird keinen Streit mehr darüber geben, ob die Glut ringsum von Girratu ausgegossen sei. Denn die wenigen, die zu Beginn des vierten Tages noch leben, wissen, daß alles, was geschieht, im Plan des Hexamerons vorgesehen ist und der Vollendung dient.

Nein und nochmals nein!

Anthea schlug mit der Faust gegen eine Konsole. Über der Kanzel des Jägers glitt ein Schatten vorbei, und sie hatte für einen kurzen Augenblick den Eindruck, als habe er sich bewegt.

„SERUN-Ortung", meldete der Syntron.

„Traktor einschalten! SERUN am Jäger verankern!" rief sie.

Ein Energiestrahl holte den Raumanzug heran, und die Tefroderin tastete ihn ab und versuchte, mit dem Pikosyn zu kommunizieren. Es gelang ihr nicht. Der Raumanzug war beschädigt. Die Helmscheibe war zerstört, der Träger lebte nicht mehr. Die Energie des SERUNS war verlorengegangen, vermutlich bei dem Versuch verbraucht, den Träger am Leben zu erhalten. Die optische Kennung des Anzugs blieb im Dunkeln; es ließ sich vorerst nicht erkennen, wer der Tote war.

Ein Lichtblitz ließ Anthea zusammenzucken. Sie schaltete die Scheinwerfer aus und den Paratron ein. Keine tausend Kilometer entfernt war urplötzlich eines der Hauri-Schiffe aufgetaucht.

Anthea kannte den Kode nicht, den es auf seinem Funk benutzte. Sie begriff nur, daß die nervtötende Sendung des Hexamerons erloschen war. Statt dessen meldete sich eine robotische Stimme auf Hangoll.

Und diese Stimme bat im Namen des Hexamerons um Hilfe für die Hauri.

„Das ist eine Falle!“ schrie Anthea. „Zieht euch zurück!“

Sie raste mit dem Jäger davon und sah zu, daß sie in den Schutz der NEPTUN kam. Dort belegte sie zusammen mit Dutzenden anderer Jäger die Wartepositionen.

Ihre Befürchtung erwies sich als unbegründet. Die Bitte um Hilfe war ernst gemeint.

Und es kam so, wie sie es dachte. Die NEPTUN machte sich auf, um den Hauri zu helfen, während die Jäger und andere Beiboote weiter nach Überlebenden aus dem Tender und den anderen zerstörten Schiffen suchten.

Anthea nahm es mit zusammengepreßten Lippen zur Kenntnis.

Übergangslos war ihre ganze Einsatzfreude dahin. Sie sehnte sich nach einer raschen Rückkehr zur BASIS.

2. *Strangeness-Patrouille*

„Ich kann mir denken, was jetzt in Ihrem Kopf herumgeht, Sir“, erklärte die Hamiller-Tube. An der silbernen Wand in dem kleinen Raum neben der eigentlichen Kommandozentrale blinkten etliche Dutzend Lichter.

Waylon Javier schwieg und starrte auf seine Kirlian-Hände. Seit einem Laborunfall, den er in jungen Jahren erlitten hatte und über den er nie sprach, schimmerten sie in einer bläulichen Aura und waren transparent. Er bewegte nacheinander die Finger, dann legte er die Hände zusammen und faltete sie.

„Meine Finger sind in Ordnung“, stellte er fest. „Auch sonst fühle ich mich gut.“

„Mit Verlaub, Ihr Gesicht ist da anderer Meinung, Sir!“ mischte sich die Tube erneut ein.

Jetzt erst schien der Kommandant der BASIS die Gegenwart der Syntronik wahrzunehmen.

„Ah, Hamiller, du bist es. Was willst du?“

„Ich vollziehe Ihre Gedanken nach, Mr. Javier.“

„Und worüber denke ich nach?“

„Über die beiden Superintelligenzen!“

„Es gehört nicht viel dazu, darauf zu kommen, Hamiller. Sollte ich mich lieber mit der Frage beschäftigen, ob in dir das Gehirn von Payne Hamiller steckt?“

„Nein, Sir. Diese Frage ist absolut überflüssig. Sprechen Sie lieber über ES und ESTARTU!“

„Nein. Wenn, dann denke ich darüber nach. Meine Meinung dazu teile ich dir ein andermal mit.“

Daß die Tube auf dieses wichtige Thema hinwies, war kein Zufall. Die Raumbeben und Strukturverdrängungen nahmen von Woche zu Woche zu. Zunächst hatte man an Bord der BASIS und auch anderswo geglaubt, daß die Begleiterscheinungen des endgültigen Auftauchens von Hangay in diesem Universum rasch abflauen würden.

Inzwischen konnte niemand mehr die Anzeichen übersehen, daß es anders war.

„Es kommt über die Relaiskette Starion eine Anfrage aus der Milchstraße. Deighton und Adams wollen wissen, ob es etwas Neues gibt.“

„Hast du geantwortet?“

„Selbstverständlich, Sir!“

„Gut. Sobald wir etwas in Erfahrung bringen, setzen wir uns sofort mit Terra in Verbindung!“

ES und ESTARTU!

Der Coup der beiden Superintelligenzen hatte vor rund fünfzigtausend Jahren mit einem Hilferuf aus dem Universum Tarkan begonnen. Eigentlich hätte er mit dem Auftauchen des letzten Viertels der Galaxis Hangay beendet sein müssen.

Er war es nicht. Waylon hatte im Gegenteil den Eindruck, daß die schlimmsten Ereignisse noch bevorstanden.

Der Mann mit den Kirlian-Händen begriff es nicht.

Wie konnten zwei Superintelligenzen sich zu so etwas hinreißen lassen?

In den Medocenters 7 bis 11 im hinteren Bereich der BASIS befanden sich knapp siebenhundert Hauri im Koma. Sie stammten in der Hauptsache aus den achtundfünfzig Schiffen, die die KUKULKAN vernichtet hatten. Die übrigen viertausend Werber des Hexamerons waren beim Eintreffen der Rettungsmannschaften bereits tot gewesen. Nach dem Ausfall der Besatzungen beim Durchqueren des Walls hatten die Automatiken die Steuerung übernommen, was zu einer Fehleinschätzung der Lage und zur Vernichtung des Tenders geführt hatte.

Von der Besatzung des Tenders hatten achtzig Prozent überlebt. Die Insassen der Zentrale allerdings waren ohne Ausnahme ums Leben gekommen.

Die Ingenieure der BASIS hatten mit den Computern der Hauri-Schiffe kommuniziert und dabei in Erfahrung gebracht, daß in Hangay selbst die Auswirkungen der Strukturverdrängungen und Gravitationsbeben weitaus stärker waren als außerhalb des Strangeness-Walls.

Kein Wunder, daß gerade die Hauri in ihrem Bekehrungseifer alle Hebel in Bewegung setzten, dem Hexenkessel zu entkommen.

Sie wußten nicht, daß sie nicht mehr gegen den Strangeness-Schock immun waren.

Das war das erste Steinchen für Waylon Javier, das er zu einem Puzzle hinzurechnete, dessen Ausmaße er noch nicht erahnen konnte.

„Wie können zwei Superintelligenzen ein solches Chaos anrichten?“ sagte er unvermittelt. „Wieso greifen die Kosmokraten nicht ein? Was ist aus Gesil geworden, die von Sabhal verschwand, angeblich von einem Boten der Kosmokraten abgeholt? Hamiller, ich sehe die Zusammenhänge, aber ich bringe keine Logik hinein!“

„Die Handlungen übergeordneter Intelligenzen sind für einen Normalsterblichen nur schwer faßbar und meist unverständlich. Ich gebe Ihnen einen Rat, Mr. Javier: Kümmern Sie sich um die BASIS und deren Wohlergehen, und versuchen Sie nicht, sich in die Gedanken von Superintelligenzen hineinzudenken. Diese denken kaum in menschlichen Bahnen!"

„Danke für die Belehrung!"

Javier wandte sich ab und strebte dem Ausgang zu. Wie immer trug er einen Rollkragenpulli, Kordhosen mit ausgebeulten Knien und Stiefel mit abgetretenen Sohlen. Der graue Kittel, der seinen Körper umhüllte wie ein Sack, besaß ein gutes Dutzend Flicken und war völlig verwaschen. Seine Glatze leuchtete im gelben Licht, das in dem Raum herrschte.

Zum ersten Mal seit Ende Februar wurde er sich bewußt, wie dringend er Nikki Frickel und die SORONG benötigte. Sie und ihre Mannschaft waren gegenüber dem Strangeness-Schock bereits immun. Sie wären in der Lage gewesen, nach Perry und der Tarkan-Flotte zu suchen, die sich nach Auskunft der AURIGA eindeutig im vierten Viertel von Hangay aufgehalten und zusammen mit ihm den Transfer von Tarkan nach Meekorah mitgemacht hatten.

Unter der Tür warf er einen schiefen Blick zurück zur silbernen Wand.

„Hamiller?"

„Ja, Sir?"

Javier vergrub seine Hände in den ausgeleierten Außentaschen des Kittels und ließ die Schultern nach vorn fallen.

„Wie hoch ist die Wahrscheinlichkeit, daß das Ausbleiben der Tarkan-Flotte etwas mit dem Ausbleiben der beiden Superintelligenzen zu tun hat?"

„Eine gute Frage. Ich habe sie soeben durchgerechnet.

Die Antwort wird Sie kaum beruhigen. Die Wahrscheinlichkeit ist sehr hoch. Ich tendiere dazu, mich dieser Interpretation anzuschließen. Prognosen gebe ich allerdings nicht ab."

„Es ist wohl besser so."

Javier betätigte den Öffnungskontakt der Tür und trat hinaus auf den Korridor.

„Sir!" rief die Tube ihm nach.

„Was gibt es noch?"

„Irgendwann in letzter Zeit muß Ernst Ellert im Solsystem gewesen sein", berichtete die Syntronik. „Es gibt Gerüchte. Sie besagen aber nichts Genaues. Jemand will festgestellt haben, daß Ellert auf Luna war!"

„Ellert!" stieß Waylon ein wenig betroffen hervor. „Wenn jemand wissen kann, was aus den Verschollenen geworden ist, dann ist er es. Wo befindet er sich jetzt, und woher weißt du es?"

„Die erste Frage läßt sich nicht beantworten. Die zweite eher. Ein Kurierschiff ist angekommen. Es kommt von Terra!"

Javier richtete sich kerzengerade auf.

„Wer kommt?"

„Sheela Rogard, die Galaktische Rätin Terras!"

Waylon stieß einen schrillen Pfiff aus.

„Ich bin unterwegs. Wo treffe ich sie?"

„Sie kommt über einen Transmitter in die Hauptleitzentrale. Jetzt ist sie bereits da, Sir!"

Javier rannte los.

Dort, wo Hangay lag, war das Weltall schwarz. Nichts deutete darauf hin, daß sich da eine Galaxis befand. Das Licht der Sterne hatte bei der Materialisation der vier Viertel jeweils am Strangeness-Wall geendet und sich seither lediglich um die Strecke von ein paar Monaten ausgedehnt, wie das Licht eben in dieser Zeit vorankam.

Allein in die nahe gelegene Galaxis Pinwheel würde es 880 000 Jahre unterwegs sein, bis es wenigstens die Planeten der Randzone erreichte und Hangay als Lichtfleck am Firmament auftauchte: Von einer Sekunde auf die andere, ein phantastisches Ereignis, das bisher zumindest in der Lokalen Gruppe kein Lebewesen je beobachtet hatte.

Falls es in dieser weiten Zukunft überhaupt noch Lebewesen in diesem Teil des Universums gab.

Sandra Bougeaklis hatte da so ihre Zweifel bekommen.

Bisher dokumentierte sich die Anwesenheit Hangays lediglich im Hyperspektralbereich. Die Galaxis befand sich 2 130 000 Lichtjahre von der Milchstraße entfernt, 1 170 000 von Andromeda und 1 970 000 von Fornax. Ihre Gesamtmasse belief sich auf 230 Milliarden Sonnenmassen, verteilt auf 200 Milliarden Sterne. Ihr Durchmesser betrug 130 000 Lichtjahre, und mit diesen Werten ließ sich die Spiralgalaxis durchaus mit der heimatlichen Milchstraße vergleichen.

Über zwei Millionen Jahre würde es dauern, bis Hangay auch auf Terra zu sehen war.

Sandra biß bei dem Gedanken unwillkürlich die Zähne zusammen.

Zwei Millionen Jahre ohne ES, war es das, wie sie befürchtete? Konnte es so etwas überhaupt geben?

Sie verneinte es. So wie sie den Aufbau des Universums begriffen hatte, würde es im Höchstfall ein paar tausend Jahre dauern, bis eine andere Superintelligenz in das Vakuum vorstoßen würde oder bis sich an irgendeinem Ort in der Mächtigkeitsballung eine neue Superintelligenz gebildet hatte. Woraus auch immer sie entstehen mochte.

War es wirklich so einfach?

Sie widmete ihre Aufmerksamkeit wieder den Impulsen, die von den Meßsonden hereinkamen, die sie zusammen mit ihrem Team entlang des Walls in Position gebracht hatte. Zweihundert Strukturveränderungen zählte sie in der laufenden Stunde. Sie waren von geringem Ausmaß und zeitigten keine spürbaren Folgen für die Umgebung. Sie waren klein und unbedeutend, aber sie hatten in den letzten zwei Wochen um fast dreißig Prozent zugenommen. Die Phänomene schaukelten sich auf, und niemand konnte sagen, wann dieser Prozeß zum Stillstand kommen würde.

Sie beugte sich in die Richtung, in der sie ein unsichtbares Mikrofonfeld wußte. Sie streckte die Hand danach aus und berührte es. Es war kaum festzustellen. Es gab kein Knistern, dazu war die Luft in dem Raum nicht feucht genug. Ein kaum spürbares Kribbeln zeigte ihr die genaue Position.

„Ich brauche Les", sagte sie leise. „Er soll sich bei mir melden!"

Les Zeron, auf Grund seiner Hängebacken mit dem Spitznamen „Backenhörnchen" bedacht, traf zwei Minuten später aus dem Haupthangar ein. Er kam mit dem Transmitter, und der Multiwissenschaftler und Koordinator aller in der BASIS vertretenen wissenschaftlichen Richtungen grinste aus dem runden Gesicht und fuhr sich durch die wenigen hellen Haare, die sein Haupt zierten. Bei Les befand sich immer der ganze Körper in Bewegung; er spiegelte die Lebhaftigkeit seiner Gedanken wider.

„Du brauchst meinen Rat!" stellte er fest. „Hast du Probleme mit deinem heimlich Angebeteten?"

Jeder wußte, daß sie Javier liebte, sich ihm aber noch nie offenbart hatte.

Sandra Bougeaklis fuhr zurück und öffnete den Mund. Sie wollte ihm eine geharnischte Antwort geben. Dann aber entdeckte sie den Schalk in seinen Augen und schluckte den Unmut hinunter.

„Etwas geht mir gegen den Strich“, antwortete sie. „Ich kann nicht beschreiben, was es ist. Schau hierher!“

Per Zuruf holte sie alle bisherigen Meßergebnisse auf den Schirm und deutete auf verschiedene Sektoren rund um den Strangeness-Wall, der Hangay einhüllte. In regelmäßigen Abständen zueinander waren die Positionen von Schiffen zu erkennen, die mit wissenschaftlichem Auftrag unterwegs waren und die Phänomene anmaßen.

„Daß das vollständige Auftauchen Hangays zu schweren Erschütterungen im fünfdimensionalen Bereich führt, wissen wir“, fuhr Sandra fort. „Wenn ich es mit den Worten aus der historischen Atomphysik beschreiben wollte, würde ich sagen, daß die kritische Masse überschritten worden ist. Man könnte mit vorübergehenden Störungen rechnen oder gar mit einem Ausfall physikalischer Gegebenheiten. Aber das, was sich da abspielt, ist nichts Halbes und nichts Ganzes.“

„Ich habe mit Torymon und Caldwell gesprochen, Sandra. Sie haben alle Messungen ausgewertet und Hamiller vorgelegt. Willst du wissen, was Hamiller dazu sagt?“

„Heißt das, es gibt etwas, das Hamiller mir nicht erzählt hat?“

„Die Ergebnisse sind noch keine Viertelstunde alt. Du kannst sie noch nicht wissen.“

„Also gut. Was ist herausgekommen?“

„Es hängt mit DORIFER zusammen. Das Kosmonukleotid reagiert auf den Vorgang. Was sich genau abspielt, können wir nicht sagen. Wir haben keine Möglichkeit eines Zugriffs auf DORIFER. Wir können nur die Ergebnisse oder Auswirkungen betrachten und daraus unsere Schlüsse ziehen.“

„Und welche haben du und deine Kollegen gezogen, Les?“

Zeron machte eine bedeutungsvolle Pause und befeuchtete die Lippen, ehe er weitersprach.

„Es wird schlimmer werden. Es schaukelt sich auf. Wir gehen einer gewaltigen Katastrophe entgegen. Terra wurde bereits benachrichtigt!"

Ein Schauer rannte Sandra den Rücken hinab. Es waren weniger die Worte, die ihn verursachten, sondern es war der ernste und düstere Ton, in dem Les sie aussprach. Unwillkürlich suchte sie nach einem Halt und fand ihn in der Lehne ihres Pilotensessels.

„Weißt du genau, was du da sagst?" fuhr sie ihn an.

Er wußte es, und sie sah es ihm an.

„Syntron, wir fliegen Position sieben an!" sagte sie. Der Automat bestätigte, und das Schiff verließ seine bisherige Position und bereitete den Metagravflug vor.

„Du willst es wissen", erkannte Zeron.

„Ich will vor allem wissen, was wir dagegen tun können. Besteht die Möglichkeit herauszufinden, in welcher Weise DORIFER die Vorgänge beeinflußt?"

„Ja, sie besteht. Aber wir wissen zuwenig über das Kosmonukleotid, als daß wir genaue . . ."

„Vorerst genügt es!"

Zeron wandte sich um und wollte sich entfernen, aber ein Zuruf der stellvertretenden Kommandantin der BASIS und derzeitigen Einsatzleiterin der kleinen Flotte, die einzig und allein aus Schiffen der Theben-Klasse bestand, hielt ihn zurück.

„Alarm, Les", erklärte sie. „Da vorn ist was los!"

Die Hyperortung maß in sechzig Lichtjahren Entfernung eine überstarke Strukturveränderung an.

„Vielleicht der Anfang vom Ende", orakelte Zeron düster und erschreckte Sandra damit.

„Du wirst blaß", stellte er fest.

Sie gab keine Antwort. Stumm deutete sie auf die enormen Meßwerte. Danach hob sie ruckartig den Kopf.

Eine Meldung traf ein. Sie kam von der TITAN REX, einem der Schiffe auf der Ostseite der unsichtbaren Galaxis. Die TITAN REX gab Gravitationsalarm.

Das Galaktikum tagte ununterbrochen. Die Völker der Blues, die Arkoniden, Antis und viele andere stellten Flottenverbände zusammen, die nur auf den Befehl warteten, sich in Richtung Hangay in Bewegung zu setzen. Auf Terra und Luna fanden mehrere Krisensitzungen der Kosmischen Hanse statt, und Homer G. Adams beorderte zwei der Kosmischen Basare in den Bereich zwischen Wega und Sol, um dort Hilfsgüter zu laden und diese nach Möglichkeit in die Hände der Völker der Kansahariyya gelangen zu lassen.

Galbraith Deighton kritisierte dieses Vorgehen, denn es bedeutete, daß die Bewohner von Terra und den anderen Planeten und Monden des Solsystems sich nicht mehr auf ihre eigentlichen Aufgaben konzentrieren konnten.

Diese bestanden nach Deightons Auffassung in der Absicherung der Menschheit und aller galaktischen Völker gegen mögliche Gefahren von außen.

Und je weiter die Zeit voranschritt, je älter das Jahr wurde, desto deutlicher zeichnete sich ab, daß Adams und Deighton, neben Waringer die beiden einzigen Aktivatorträger, die nicht in Hangay verschollen waren, nicht an einem Strang zogen, sondern durchaus unterschiedliche Wege beschritten, um die Übersicht zu behalten.

„Das Galaktikum gibt Deighton recht", sagte Sheela Rogard. „Zunächst einmal steht die Sicherheit aller Milchstraßenvölker an erster Stelle. Handelspolitische Erwägungen können später noch getroffen werden. Es ist ungefähr bekannt, wie lange der Strangeness-Wall benötigt, bis er völlig abgeklungen ist und sich die Strangeness dem Wert in unserem Universum angepaßt hat."

Waylon Javier hielt Fäuste und Unterarme in den tiefen

Taschen seines Kittels vergraben und nagte an der Unterlippe. Er musterte die attraktive Frau in ihrem goldfarbenen Gewand und den grüngefärbten Haaren, die ihr bis auf die Brust reichten.

„Wir sind hier Forscher", stellte er fest. „Wir halten unsere Position aus wissenschaftlichen Gründen aufrecht. Zudem warten wir noch immer auf einen Hinweis oder eine Botschaft Perrys und aller anderen Freunde. Vierzehn Raumschiffe können nicht spurlos verschwinden. Sie können nur gehindert sein, endlich den Weg in die Heimat anzutreten."

Der Kommandant der BASIS hätte viel darum gegeben, wenn Geoffry Abel Waringer aufgetaucht wäre und wenigstens eine Idee gehabt hätte, wie man die Auswirkungen der unterschiedlichen Strangeness neutralisieren konnte. Aber Waringer befand sich zur Zeit auf einem Flug irgendwo in der Milchstraße. Javier wunderte sich darüber, denn er hatte fest damit gerechnet, daß sich der Wissenschaftler mit dem Problem des Walls beschäftigen würde. Statt dessen tat er so, als gäbe es wichtigere Dinge zu tun.

Und auch Adams war nur ein einziges Mal seit Anfang März auf der BASIS gewesen. Deighton hatte sich überhaupt nicht blicken lassen.

„Was war mit Ernst Ellert?" wechselte er das Thema. „Gibt es wirklich keine Einzelheiten über seinen Besuch auf Luna?"

„NATHAN streitet den Besuch ab. Ellert wurde jedoch beim Anflug auf das Sonnensystem bei einem Kontrollanruf identifiziert. Sprachliche Eigenheiten wiesen eindeutig auf ihn. Er hat die Heimat nach seinem Besuch auf dem Mond mit unbekanntem Ziel verlassen. Noch etwas anderes konnte ich auf Umwegen in Erfahrung bringen: Anson Argyris hat kurz nach Ellert Luna verlassen und sich mit einem Schiff in Richtung Hundertsonnenwelt aufgemacht. Ob er dort angekommen ist, weiß ich nicht zu sagen. Es liegt jedoch nahe, daß es sich um eine Geheimmission handelt. NATHAN hat auch die Anwesenheit des Vario-500 auf Luna dementiert. Und es gibt keinen absoluten Beweis, daß die beiden tatsächlich bei ihm waren. Niemand hat sie von Angesicht zu Angesicht gesehen. Aufzeichnungen liegen nicht vor. Und Deighton tut, als wüßte er überhaupt nichts."

Javier schüttelte den Kopf. Er wollte das alles nicht recht glauben. Tief in seinem Innern spürte er, daß etwas ganz und gar nicht in Ordnung war. Als er Sheela wieder anblickte, schien sein Blick die Frau zu durchbohren.

„Warum bist du gekommen?" fragte er leise. „Du hast mir den eigentlichen Grund noch nicht genannt!"

„Ich bringe dir eine Anweisung des Galaktikums, Waylon. Kein Schiff darf den Versuch wagen, nach Hangay vorzudringen. Es erscheint zu gefährlich. Wir wissen nicht, was da drüben los ist. Ferner empfehlen die Galaktischen Räte, alle Forschungsschiffe aus dem Bereich des Strangeness-Walls zurückzuziehen."

„Was, verdammt, ist los?" brüllte der Kommandant.

„Ich habe keine Ahnung", gestand Sheela Rogard. „Aber du weißt, daß ich dir gegenüber weisungsbefugt bin. Das Gebot des Galaktikums ist verpflichtend!"

„Die BASIS ist ein Schiff der Hanse. Ich nehme Weisungen und Hinweise von Adams entgegen."

„Die BASIS ist ein Menschenschiff, Waylon. Das weißt du genau. Ich vertrete die Bevölkerung des Solsystems."

Javier seufzte.

„Ich werde die Schiffe zurückbeordern, sobald sie ihren Auftrag ausgeführt haben."

„Sir, ich darf zu bedenken geben, daß es bald zu spät sein könnte", meldete sich die Hamiller-Tube, die bisher stummer Zeuge des Gesprächs gewesen war. „Die TITAN REX sendet Gravitations-Alarm."

„Danke, Hamiller!“ Javier wandte sich an die Galaktische Rätin. „Ich nehme an, du bleibst vorerst hier und paßt auf, daß wir auch wirklich alle Schiffe zurückziehen.“ Seine Stimme hob sich und wurde lauter. „Was geschieht hier demnächst, Sheela?“

„Ich bin keine Hellseherin. Ich kenne nur die dringliche Warnung von NATHAN. Die Syntronik auf dem Mond weiß immer, was sie sagt und tut, Waylon.“

„Ja, ja.“ Natürlich war es ihm klar. Aber er hätte dennoch gern gewußt, was auf die BASIS und alle Lebewesen im Bereich von Hangay zukam. „Wieso wird die BASIS nicht gleich ganz abgezogen?“

Darauf wußte die Galaktische Rätin keine Antwort.

Dafür meldete sich erneut die Hamiller-Tube.

„Mr. Javier, ich darf Sie darauf aufmerksam machen, daß der Bordsyntron des Kurierschiffs mir eine Nachricht von NATHAN übermittelt hat. Sie lautet, die BASIS auf keinen Fall von ihrem derzeitigen Standort zu entfernen. Dies gilt bis auf Widerruf.“

Zwei Lichtmonate vor der unsichtbaren Strangeness-Mauer strahlte Hangay in der ganzen Pracht der zweihundert Milliarden Sterne. Das grelle Glitzern der lediglich zehntausend Lichtjahre und zwei Monate entfernten Sterneninsel blendete in den Augen. Dennoch verbot Sandra dem Syntron, die Lichtfülle abzublenden. Sie wollte den Anblick genießen. Deutlich zeigten sich die spiralig gewundenen Zentrumsstrukturen Hangays und die einzelnen Äste, die sich wie dünne Fäden entlang der Hauptarme zogen und dem Spiralnebel das Aussehen eines wirren Netzes verliehen, in dem es nicht gelungen war Ordnung zu schaffen.

Es war Ordnung, was die Terranerin sah, kosmische Ordnung. Hangay lag als glitzerndes Juwel inmitten der Schwärze, viel näher als die angestammten Galaxien der

Lokalen Gruppe. Und doch ließ sich diese Sterneninsel nicht erreichen.

„LUCIUS GRAY an TITAN REX“, sagte sie. „Wir sehen euch. Wir sind auf der anderen Seite des Phänomens aufgetaucht und halten den Sicherheitsabstand ein.“

Ein Hologramm baute sich vor ihr auf. Es blieb unvollkommen, die Impulsübertragung aus dem anderen Schiff wurde durch die Strukturverdrängung beeinflußt. Sandra musterte das Abbild von Rinus Vance, einem der vielen Schiffsführer aus der BASIS. Vance war ein erfahrener Mann und hatte bereits einhundertsechsundsechzig Jahre auf dem Buckel. Sandra kannte ihn von mehreren Einsätzen und aus den Fitneßcentern des Mutterschiffs. Was sie jetzt allerdings vor sich sah, erinnerte nur wenig an diesen großen, wuchtigen Mann.

Das Holo zeigte einen schiefen Kopf, an dem ein Teil fehlte. Die Augen standen schief, der Mund ebenso, und der eisgraue Schnurrbart hüpfte zwischen Augen und Ohren hin und her. Ein Hals war nicht zu erkennen, und der linke Arm fehlte ganz. Der Körper wirkte seltsam gestaucht, Beine besaß er nicht. Lediglich zwei Stiefel hingen schräg hinter dem Torso und vollführten einen geisterhaften Tanz in der Luft. Der Mund von Vance bewegte sich unnatürlich, die Bewegungen paßten nicht zu den Worten, die klar und deutlich aus der Projektion an ihre Ohren drangen.

„Wir ziehen uns zurück, Sandra. Es bahnt sich etwas an, das wir nicht abschätzen können!“

Die Stellvertreterin von Waylon Javier bestätigte knapp und verfolgte mit, wie sich die TITAN REX aus dem Nahbereich des Phänomens entfernte. Sie warf einen flüchtigen Blick um sich. Außer ihr hielten sich noch vier weitere Personen in der Zentrale des Schiffes der Theben-Klasse auf. Sie arbeiteten zusammen mit den

Syntrons an den Auswertungen der Messungen. Sie hatte sie Sekunden später bereits auf dem Hauptschirm, wo sie in einem Endlosband entlangliefen.

„Danke!“ sagte sie, und das Band erlosch. Sie entnahm der Aufzeichnung, daß sich im Zentrum des Gravitationsbebens ein starkes Energiepotential entwickelte, das sich irgendwann in einer Eruption entladen würde.

Über den Bildschirm raste ein greller Lichtblitz. Er kam aus einer anderen Richtung, und er blendete so stark, daß Sandra die Augen schloß. Der Syntron sah sich jetzt nicht mehr an ihre Weisung gebunden und dämpfte die Energieflut.

Die TITAN REX übermittelte einen Warnimpuls, der in der Zentrale der LUCIUS GRAY als schrilles Klingeln zu hören war. Die Worte von Vance kamen als unverständliches Blubbern an.

Sandra spürte den sanften Andruck, mit den ein Schwerefeld sie übergangslos in den Sessel preßte. Dennoch klammerten sich ihre Hände automatisch um die Lehnen.

„Fluchtkurs!“ zischte sie. Der Syntron gab keine Bestätigung. Längst hatte er gemäß seinem Programm ein Flugmanöver eingeleitet, das den Kugelraumer aus der Gefahrenzone bringen sollte. Das Schiff bockte und schlingerte und mußte sich einem plötzlich entstandenen Sog entgegenstemmen. Es beschrieb einen engen Bogen und entfernte sich träge vom Zentrum der Erscheinung.

Die Entfernung vom Strangeness-Wall allerdings veränderte sich nicht. Sie blieb gleich, obwohl der Syntron alles versuchte, um das Schiff aus dem gefährlichen Bereich zu bringen.

„Keine Angst!“ klang die Stimme von Vance in der Zentrale der LUCIUS GRAY auf. „Wir holen euch heraus!“

„Bleibt, wo ihr seid!“ schrie Sandra Bougeaklis lauter

als beabsichtigt. Sie schloß die Augen, denn ein zweiter Blitz blendete sie. Erst nach einigen Sekunden merkte sie, daß sie ihn nicht mit den Augen wahrgenommen hatte.

Der Blitz war in ihr gewesen.

Benommen schüttelte sie den Kopf. Sie spürte, wie die Lähmung ihren Körper empor- und hinabkroch. Sie ächzte und riß die Augen auf. Sie nahm ihre Umgebung nur undeutlich wahr.

„Jenna!“ stieß sie hervor. „Was ist los?“

Außer einem Keuchen der Funkerin vernahm sie keine Antwort. Der Syntron meldete sich und gab ihre Körperwerte durch. Medoroboter rollten herein undd nahmen neben den Kontursesseln Aufstellung. Sie verabreichten den Anwesenden ein Serum, das die Folgen des Schocks linderte.

Daß es ein Schock war, wurde sich Sandra erst viel später bewußt. Sie spürte, wie sich Hitze in ihrem Körper ausbreitete. Wenig später explodierte in ihr ein zweiter Glutball und ließ sie aufstöhnen. Ihre Gedanken lehnten sich gegen den übermächtigen Einfluß auf. Längst nahm sie ihre Umgebung nicht mehr wahr, aber sie sah die Sterne einer Galaxis, die sie für Hangay hielt. Sie wirbelten wild durcheinander, und sie sah Sonnen, die gegeneinander prallten und in dem entstehenden Inferno alles mit sich rissen. Sonnensysteme wurden vernichtet, und was von den Fliehkräften hinaus in den Leerraum geschleudert wurde, fiel dort den Gravitationslöchern zum Opfer, die alles zermalmten, was ihnen in den Weg geriet. Das Chaos war so groß, daß es wie ein Aufschrei durch ihr Inneres ging. Sie sträubte sich gegen die Erkenntnis, daß dies die Wirklichkeit sein könnte.

Ein neuer Eindruck verwischte das alles. Sie sah die vier Viertel Hangays in rascher Folge materialisieren. Die Teile der Galaxis rasten ineinander und stürzten zu einem kompakten Gebilde zusammen, das mit der Wucht eines Urknalls wieder auseinanderdriftete und seine Vernichtungsenergien in alle Richtungen davonschleuderte. Distanzen von Millionen Lichtjahren wurden in einem Atemzug überbrückt, andere Galaxien erbebten unter dem Ansturm kosmischer Gewalten und zerfielen.

Eine ganze Galaxiengruppe ging verloren, eine Mächtigkeitsballung war zerstört.

Unendliche Leere umfing Sandra, und in dieser Leere erkannte sie Wesen, die sich bewegten. Ihre Konturen erschienen ihr merkwürdig unscharf, und sie versuchte, in den rasch wechselnden Verhältnissen zwischen Licht und Schatten etwas zu erkennen. Bei den Wesen konnte es sich um Terraner handeln, aber auch um Nakken oder andere Intelligenzen.

Wieso wußte sie eigentlich, daß es sich um Intelligenzwesen handelte?

Ein weiter Raum bildete sich um sie herum, und sie erkannte mehrere Bereiche, die wie Bildschirme wirkten. In ihnen sah sie mit ihrem inneren Auge verschiedene Vorgänge, die sie nicht verstand. Sie spielten sich jedoch alle vor dem Hintergrund einer Galaxis ab, die sie eindeutig als Hangay verstand.

Die Bilder bedeuteten etwas, und sie versuchte dahinterzukommen. Je mehr sich ihre Gedanken jedoch verkrampften, desto weniger gelang es ihr. Schließlich gab sie ermüdet auf, und der Schleier des Vergessens senkte sich über sie. Sie spürte nicht einmal den Einstich, mit dem der Medorobot ihr eine zweite Injektion verpaßte. Sie hörte ein fernes Gemurmel in den Ohren und verstand kein Wort. Eine Ewigkeit schien zu vergehen, bis sich ihre Sinne klärten und sie wieder einigermaßen vernünftige Gedanken zusammenbrachte.

„Wo bin ich?“ stieß sie hervor.

„. . . Syntron“, verstand sie. „. . . psionische Eruptionen . . . aufgezeichnet!“

„Was?“ Sie fuhr auf und prallte gegen das Feld, das sie hielt. Matt ließ sie sich zurücksinken. Um sie herum war es dunkel, und sie benötigte weitere Sekunden, bis sie feststellte, daß sie die Augen geschlossen hielt. Sie öffnete sie und musterte die Umgebung. Auf dem Hauptschirm tanzte Hangay, und irgendwo unter ihrem Sessel dröhnten die Aggregate des Schiffes.

„Metagrav-Etappe nicht möglich“, meldete der Syntron. „Achtung, ich wiederhole: Metagrav-Etappe nicht möglich.“

„Was ist los?“ fragte sie etwas lauter.

„Psionische Eruptionen überfluten Hangay. Gleichzeitig nehmen die Gravitationsbeben und die anderen bekannten Phänomene zu. Ich habe mehrere Strukturveränderungen angemessen, durch die Sonnen und Planeten in den Hyperraum gerissen oder einfach in den zweidimensionalen Zustand überführt wurden. Im Bereich des Strangeness-Walls haben sich mehrere Gravitationsstrudel gebildet, die alles in sich hineinsaugen, was sie finden. Mehrere Sonden und drei der Meßstationen sind ausgefallen. Die bemannten Schiffe konnten der Gefahr entkommen. Allerdings sieht es für die LUCIUS GRAY, nicht gut aus.“

Langsam erlangte Sandra Bougeaklis ihre Bewegungsfähigkeit zurück, und sie musterte die Anzeigen. Das Schiff kämpfte gegen die starken Sogkräfte, die sich in seiner Nähe entwickelt hatten. Jenes Energiepotential, das angemessen worden war, hatte sich nicht explosionsartig entfaltet, sondern hatte eine Implosion gebildet und sich zu einem Strudel entwickelt, der alles unaufhörlich in Richtung Hangay zog.

Für ein paar Augenblicke durchzuckte Sandra ein wahnwitziger Gedanke. Wenn sie dem Sog nachgaben, dann gelang es ihnen womöglich, die Mauer zu durchqueren und nach Überwindung des Strangeness-Schocks die Spur von Perry und seinen Gefährten aufzunehmen.

Andererseits existierte nach wie vor das Problem, daß die Schockwirkung beim ersten Durchgang durch den Wall mehrere Monate betragen konnte.

„Wir haben Funkkontakt mit Schiffen hinter dem Wall", meldete sich der Syntron der Funkanlage. „Die Funksprüche sind verzerrt und nicht an uns gerichtet. Sie werden in Hangoll und in Kartanisch geführt. Es befinden sich dort Schiffe. Sie gehen vermutlich derselben Aufgabe nach wie wir!"

„Antworten, sofern es möglich ist. Wir rufen alle Schiffe von Hangay. Wir kommen in friedlicher Absicht. Kontakt erwünscht, sofern möglich."

„Sandra, wir sollten vielleicht zunächst einmal unser Schiff in Sicherheit bringen!" rief Tendor Mirko ihr zu. Der Waffenmeister hatte längst alle Meiler umschalten lassen und führte die Energien den Triebwerken und dem Paratronschirm zu.

„Ich will ständig die Fluchtwerte des Schiffes wissen", gab sie zur Antwort.

Der Hauptsyntron nahm seine Berichterstattung auf und gab in den Pausen dazwischen andere Meldungen durch. Die Sogkräfte auf das Schiff ließen nicht nach, aber sie wurden auch nicht stärker. Mühsam kämpfte sich die LUCIUS GRAY Meter für Meter vom Strangeness-Wall weg. Zwei Lichtmonate Entfernung bis zum Wall, das war eine riesige Entfernung, aber gemessen an den Phänomenen, mit denen sie es zu tun hatten, handelte es sich um eine kurze Strecke.

Sie war viel zu kurz.

„Der Wall reagiert", meldete die sympathische Automatenstimme aus allen Richtungen. „Er wird durchlässig. Die Sogkräfte gehen weiter zurück. Das Schiff kommt frei!"

Sandra beachtete es kaum. Ihre dunklen Augen hatten etwas entdeckt. Sie verglich ihre Beobachtung mit dem, was die Ortung erfaßte.

„Kleine Trimarane!“ flüsterte sie. „Es sind Kartanin-Trimarane. Es sieht aus, als seien sie teilweise steuerlos!“

Und noch etwas sah sie: Optische Eindrücke vom Zustand hinter dem Wall erinnerten sie an ihre Visionen. In Hangay tobten die Kräfte der Vernichtung.

Die BASIS meldete sich. Dort hatte man die Ereignisse mitverfolgt. Waylon Javier faßte in Worte, was Hamiller von seiner Position aus erkannte.

„Wenn ihr etwa zwanzig Lichtsekunden tangential zur Position der BASIS weiterfliegt, trefft ihr mit den Trimaranen zusammen!“

„So schlau sind wir auch!“ meckerte Les Zeron. Sandra wurde sich erst jetzt der Tatsache bewußt, daß er nach ihrem Gespräch die Zentrale nicht verlassen hatte, sondern sich ständig in ihrer Nähe befunden hatte. Sie hatte ihn nicht wahrgenommen.

„Darum geht es nicht, Les“, sagte Javier. „Bergt die Insassen, und dann kommt zurück. Alle bemannten Schiffe kehren in die BASIS zurück. Es werden vorläufig keine direkten Beobachtungen an der ‚Mauer‘ mehr durchgeführt!“

Les Zeron ruckte mit dem Kopf hoch. Die Augen schienen ihm aus dem Kopf treten zu wollen.

„Ich habe mich wohl verhört, he?“ rief er. „Waylon, was soll das?“

„Wir haben Order vom Galaktikum. Sheela Rogard hat uns Anweisungen überbracht!“

„Persönlich? Da soll mich doch der Teufel holen!“

Die Männer und Frauen in der Zentrale der LUCIUS GRAY blickten sich vielsagend an. Schließlich war es Sandra, die dem nachdenklichen Schweigen ein Ende bereitete.

„Wir kommen so bald wie möglich, Waylon", sagte sie. „Es ist mir eine Freude, die Galaktische Rätin einmal von Angesicht zu Angesicht zu sehen!"

3. *Erste Anzeichen*

Er tauchte in ihrem Appartement auf, nahm sie in die Arme und küßte sie lange und intensiv. Sie erwiderte den Druck seiner Lippen und fuhr mit den Fingern durch sein Wuschelhaar. Es hatte lange gedauert, bis sie aus dem Einsatz zurückgekehrt war, aber jetzt hatten sie ein paar Stunden für sich.

Schweigend musterten sie sich. Er war froh, daß sie wohlbehalten vor ihm stand, und er machte einen müden Eindruck. In seinen Augen allerdings entdeckte sie jenen Glanz, den sie immer bei ihm fand, wenn sich etwas Bedeutsames ereignet hatte. Sie zog ihn hinüber zur Wassercouch, und sie ließen sich hineinsinken.

„Es war schlimm", begann sie, nachdem sie eine Weile eng umschlungen dagelegen hatten. „Von der KUKULKAN blieb buchstäblich keine Wand auf der anderen. Die Zentrale-Besatzung hat das Inferno nicht überlebt. Aber Lein Sinnfein hat die restliche Besatzung rechtzeitig evakuiert. Alle Automaten der Hauri-Raumer wurden desaktiviert. Die Schiffe treiben ohne Besatzungen auf einem Kurs, der für sie und für andere keine Gefahr darstellt. Die toten Hauri haben ein Konverter-Begräbnis erhalten. Kannst du mir sagen, was sich da entwickelt, Jeffrey? Was kommt auf uns zu?"

Er strich über ihre Wangen und fuhr mit der Kuppe seines Zeigefingers die Linien in ihrem Gesicht entlang.

„Ich weiß es nicht", antwortete er leise. „Laß es uns eine Weile vergessen, ja?"

Jeffrey Lakoitse hatte vor zwei Jahren auf der BASIS

angeheuert, und er hatte als Einzelgänger gegolten bis zu dem Zeitpunkt, als er ihr zum ersten Mal begegnet war.

Stunden später waren sie zum ersten Mal zusammen ausgegangen und hatten sich in einer der Parkanlagen in der Mitte der BASIS vergnügt. Seither waren sie zusammen, und Kollegen und Kolleginnen spöttelten manchmal, daß sie in ihrer Freizeit nur noch Sinn für Gemeinsamkeiten hatten. Warum auch nicht?

Anthea lachte plötzlich unterdrückt. Er hob den Kopf und sah sie an.

„Was ist?“

„Ach nichts, vergiß es!“

Sie verschloß ihm den Mund mit einem Kuß, noch immer die beste Methode, ihn zum Schweigen zu bringen. Sie hatte daran denken müssen, daß er sich in der Anfangszeit als Terraner ausgegeben hatte. Erst später, als sie vertrauter miteinander geworden waren, hatte er zugegeben, daß das nur Prahlerei von ihm war und er eigentlich von Pinterville stammte. Wenn er seine Zeit auf der BASIS außer acht ließ, dann war er so gut wie nie aus der Westside der Milchstraße hinausgekommen.

„Der eine Hauri in der Medostation, den du geborgen hast“, begann er nach einer Weile, „gibt es etwas Neues über ihn?“

„Nein. Er liegt wie alle anderen im Koma. Herth vermutet allerdings, daß uns in bezug auf die Hauri noch ein paar Überraschungen bevorstehen. Wir müssen abwarten. Wie sieht es bei dir aus?“

Jeffrey gehörte zur endophysikalischen Abteilung. Sie befaßte sich mit den Gesetzmäßigkeiten innerhalb des kleinen Kosmos namens BASIS, mit der Steuerung der Gravitationsschleusen und der Gravofelder in den unterschiedlich angeordneten Ebenen des riesigen Schiffes sowie mit allen Erscheinungen im physikalischen und hyperphysikalischen Bereich, die in so einem Gebilde vorhanden waren oder sich entwickelten, bis hin zu den Strahlungsemissionen bei Ynkelonium-Reflexionen. In den letzten Tagen hatte er an der Oberfläche der BASIS zu tun gehabt, und bei Antheas Frage leuchteten seine Augen auf.

„Etwas hat sich ereignet, wovon ich mir ganz sicher bin, daß es keine Halluzination war. Ich fand eine Wärmespur, die aus dem All kam und auf der BASIS endete. Sie war ganz frisch, und ich glaube noch jetzt fest daran, daß sich irgendwo direkt über der BASIS ein unsichtbares Schiff befand. Ich wollte der Spur in das Innere folgen, aber ein ganz bestimmter Sektor war unzugänglich. Eine Anfrage bei Hamiller ergab, daß es sich um eine gewöhnliche Wartungsmaßnahme handelte; aber ich kenne mich mit den Wartungssystemen zu gut aus, als daß ich so etwas unwidersprochen akzeptieren könnte. Nach etwa zwei Stunden hob Hamiller die Blockade auf, und die Wärmespur verflüchtigte sich langsam."

Anthea sah ihn aus ihren großen Augen an. Sie erhob sich ruckartig. Die Wassercouch veränderte ihr Profil, und Jeffrey versank in einer Mulde.

Die Tefroderin aktivierte das Terminal an der gegenüberliegenden Wand.

„Gib mir den Kode", bat sie.

Er nannte ihn, und sie stellte die Verbindung zu seinem Terminal her, in dem er alle seine Meßergebnisse speicherte. Sie rief die Aufzeichnungen der letzten drei Tage ab.

„Nichts", stellte sie fest. „Du hast die letzten drei Tage überhaupt nichts gearbeitet!"

Mit einem Satz kam er aus der Couch hervor, mit dem zweiten stand er neben ihr. Fassungslos betrachtete er die Angaben auf dem Monitor.

„Ich kann es nicht glauben", murmelte er. „Das gibt es einfach nicht. Dieses verdammte Miststück!"

„Von wem sprichst du?"

„Von Hamiller!" Er faßte sie an den Armen. „Da ist eine ganz große Schweinerei im Gange. Ich werde ihm auf die Schliche kommen. Das verspreche ich dir!"

Anthea kannte ihn und wußte genau, daß er weder phantasierte noch zu Selbsttäuschungen neigte. Er hatte das, was er erzählt hatte, tatsächlich wahrgenommen und aufgezeichnet.

Und nur Hamiller konnte es gelöscht haben. Niemand sonst kannte die persönlichen Kodes der über zwölftausend Besatzungsmitglieder.

„Ich helfe dir dabei, Jeff!"

Lakoitse starrte das Terminal an. Solange es aktiviert war, konnte er davon ausgehen, daß Hamiller mitsah und mithörte. Verärgert schaltete er das Gerät ab.

Von den Körpern der Hauri, Kartanin und Planta in der Medostation 8 ging keine psionische Hyperstrahlung aus, die auf die fremde Strangeness-Konstante zurückzuführen war. Dementsprechend benötigte man im Umgang mit den Wesen aus Hangay keinen Strangeness-Schild, wie er einst von Waringer nach dem Auftauchen des KLOTZES im Dezember 445 entwickelt worden war. Lebewesen bauten die unterschiedliche Strangeness abrupt ab, was zu dem besagten Schock mit anschließendem teilweise monatelangem Koma führte. Bei den Raumschiffen hielt sich der Effekt ein wenig länger, aber da es sich im Unterschied zum KLOTZ um kleine technische Einheiten handelte, stellte das Betreten von Trimaranen, wie sie von den Hauri und den Völkern der Kansahariyya benutzt wurden, kein Problem dar.

Herth ten Var wandte den Kopf, als Waylon Javier eintrat. Der Ara-Mediziner schüttelte mißbilligend sein Haupt und wandte sich dann wieder der Beobachtung seiner Patienten zu. Die Messungen von Kreislauf und

Gehirntätigkeit der Wesen ergaben völlig unterschiedliche Werte. Die Hauri, die vor zwei Wochen aufgefischt worden waren, zeigten eine deutlich stärkere Neuronenaktivität als die, die erst in den vergangenen Tagen aus Hangay in die Nähe von X-DOOR verschlagen worden waren. Wie es in anderen Bereichen am Wall aussah, das entzog sich allerdings der Kenntnis des Chefarztes.

Ten Var bekam mit halbem Ohr mit, daß die schlurfenden Schritte des Kommandanten verstummten. Irgendwo hinter seinem Rücken war Javier stehengeblieben. Der Ara beugte den Kopf nach vorn und musterte das totenkopfähnliche Gesicht eines der Hauri. Niemand wußte die Namen der Patienten, keiner konnte sagen, was geschah, wenn sie eines Tages erwachten.

Der Ara schnupperte, dann rümpfte er die Nase. Der Geruch von Schweiß beleidigte seine Geruchsnerven, und er drehte sich im Zeitlupentempo einmal um seine Achse.

„Du könntst dich mal wieder waschen und dir frische Kleidung anziehen“, sagte er eindringlich. „Außerdem möchte ich dich darauf aufmerksam machen, daß du wieder einmal die Hygienevorschriften der Schlafkammern mißachtet hast. Entweder entfernst du dich, oder du begibst dich sofort unter die Desinfektionsdusche!“

Javier tat nicht, als habe er zugehört. Er starrte an ihm vorbei auf den Hauri und kaute dabei auf irgend etwas herum, das einen aufdringlich süßen Gestank verbreitete.

Herth ten Var seufzte und gab sich geschlagen. Er entfernte sich von der Liege und kümmerte sich um einen Kartanin, dessen Kreislauf der Belastung nicht standgehalten hatte. Er hing an einem Beatmungs- und Rhythmusgerät, das seinen Herzschlag mit Hilfe von niedrigfrequenten Elektroschocks stabilisierte. Gleichzeitig wurden die Lungen des männlichen Wesens mit einer stark sauerstoffhaltigen Gasmischung in Funktion gehalten, die gleichzeitig die Nervenstränge der Atmungsorgane beruhigte. Aus dem kahlrasierten Kopf ragte ein Dutzend Zerebralsensoren, die auf jede Veränderung der Gehirntätigkeit reagierten.

Dieser Kartanin gehörte noch zu den Glücklichen. Achtunddreißig waren im Verlauf der letzten sieben Tage gestorben.

Das leise Zischen der Sicherheitsschleuse lenkte den Arzt ab. Er erwartete einen Desinfektionsroboter, der sich um Javier kümmerte, aber statt dessen betrat ein Daniel-Roboter den Raum und nahm neben der Tür Aufstellung.

„Was willst du?"

„Ich soll mich vom Zustand der Patienten überzeugen!" erklärte die Maschine. Sie besaß ein Biomolgesicht mit menschlichen Zügen. Sie bewegten sich nicht, sondern bildeten eine starre Maske. Die Stimme der Maschine klang monoton. Diese Bauweise war bewußt gewählt, damit man die Roboter dieser Serien nicht mit Menschen verwechseln konnte.

Einem Terraner wäre so etwas vermutlich nie passiert, aber es gab auch die Nichthumanoiden, die einen Terraner nicht von einem Arkoniden oder Springer unterscheiden konnten.

„Unsinn!" knurrte der Ara. „Hamiller beobachtet alles hier. Wieso sollte er eine Maschine herschicken? Oder kommst du gar nicht in Hamillers Auftrag?"

„Hamiller ist mein Auftraggeber. Ich bin als Augenzeuge hier!"

„Und wozu?"

„Ich weiß es nicht."

Herth ten Var war nicht der Mann, der sich wegen so etwas aufregte. Er wandte sich den nächsten Patienten zu und achtete nicht auf die erzürnten Worte, die Javier an den Roboter richtete. Erst als er etwas von dicker Luft hörte, unterbrach er die Untersuchung des fremdartigen Planta-Metabolismus.

„Raus jetzt!“ sagte er entschlossen. „Streitet anderswo, aber nicht hier.“

Javier sah ein, daß möglicherweise die Gesundung der Patienten leiden könnte, und ging hinaus. Der Roboter folgte ihm, und der Ara schaltete die Beobachtungsanlagen der Schlafkammern ein und verfolgte seinen Weg. Die Maschine suchte alle Kammern auf und musterte die Schlafenden, ohne einen von ihnen zu berühren. Anschließend entfernte sie sich mit unbekanntem Ziel.

Ten Var schaltete wieder ab. Seine Augen hatten leicht zu brennen begonnen, und für einen kurzen Augenblick stieg ein Schwindelgefühl in ihm empor. Da er genau wußte, daß er kerngesund war, irritierte es ihn gewaltig. Er versuchte herauszufinden, was mit ihm los war, aber die Sensoren eines der Automaten konnten nichts feststellen.

An der letzten Liege in dieser Schlafkammer wurden seine Knie weich. Seine Augen suchten nach irgendeinem Hinweis, nach einer roten Lampe oder etwas anderem. Und schließlich fand er sie. Sie konnte erst seit wenigen Sekunden leuchten.

Luftverlust! Sauerstoffmangel in der Schlafkammer!

„Das ist unmöglich“, hörte er sich sagen. „Die Kammern liegen zwar direkt in einem Außenbereich, aber wo sollte das Leck herkommen?“

Er trat zum Interkom und schaltete eine Verbindung mit der Hauptleitzentrale. Leo Dürk nahm das Gespräch an.

„Wir haben hier keinen Alarm, Herth“, sagte er, als der Ara ihm seine Entdeckung geschildert hatte. „Das ist ganz unmöglich. Sobald es irgendwo zu einem Druckabfall kommt, setzt automatisch der Alarm ein. Bist du sicher, daß du dich nicht täuschst?“

„Höre, du Grünschnabel“, erwiderte ten Var dem dreizehn Jahre älteren Terraner. „Ich erlebe es am eigenen Körper. Die Luft hier wird knapp. Die Patienten befinden sich in Gefahr. Ich muß sie evakuieren. Die Geräte lügen nicht. Wo bleibt der Alarm?“

Ein Signal klang auf. Hamiller meldete sich bei beiden gleichzeitig.

„Ich kann nichts feststellen, es tut mir leid“, verkündete die Tube. „Aber ich werde sofort einen Reparaturtrupp auf den Weg schicken!“

„Ich komme rüber!“ rief Dürk dem Arzt zu, dann verschwand er aus dem Sichtbereich der syntronischen Kamera.

Keine Sonne warf ihr Licht auf das Schiff mit seinen vierzehn Kilometern Länge und einem Durchmesser des Schalenteils von zwölf Kilometern. Nur ein paar Scheinwerfer strahlten auf den Röhrenschacht des Bodenhangars, aus dem in rascher Abfolge sechs Gestalten huschten. Gleichzeitig mit ihrem Erscheinen außerhalb der BASIS erloschen die Scheinwerfer, und selbst die Positionslampen wurden in einem Umkreis von gut fünfhundert Metern dunkel.

Die Gestalten schwebten dicht über der Oberfläche des Schiffes in Richtung Triebwerksteil davon. Sie benutzten kleine Rückstoßaggregate, und an deren Energieemissionen erkannte der heimliche Verfolger, daß es sich bei den Gestalten nicht um SERUN-Träger handelte. Er wartete, bis sie hinter einem Aufbau verschwunden waren, dann schaltete er den Infrarotsensor ein. Er stieß sich vom Rand der Mannschleuse ab und vergewisserte sich mit einem Blick, daß diese offen blieb. Er hatte die Automatik ausgeschaltet, um zu verhindern, daß die Streustrahlung der Magnetprojektoren ihn verriet.

Hamiller stellte so etwas sofort fest und zog seine

Schlüsse daraus. Aber die Tube reagierte nicht. Sie setzte sich nicht mit der Sechsergruppe in Verbindung.

Auch gut, dachte der Mann in dem spezialbeschichteten Raumanzug. Auf der Innenseite seiner Helmsichtscheibe bildete sich ein winziger blauer Fleck und pulsierte heftig.

„Nein“, hauchte er. „Keine Kommunikation, Pik sieben!“

Der Pikosyn schwieg, und der Fleck erlosch. Der Verfolger trieb weiter in die Richtung, in die er sich mit Muskelkraft katapultiert hatte. Aus dem Nichts heraus tauchte vor ihm einer der Ankertürme auf, sichtbar nur deshalb, weil er einen Teil des Sternenlichts von Pinwheel verdeckte. Der Verfolger streckte die Arme aus und zählte die Sekunden, bis er auf die Seitenschiene des mechanischen Bewegungssystems traf, mit dem der Turm aus- und eingefahren wurde. Er klammerte sich fest, zog seinen Körper zur Seite und fing sich zusätzlich mit den Beinen ab. Seine linke Hüfte prallte unsanft gegen das Metall, aber der Anzug dämpfte den Stoß. Das Infrarotecho der sechs Gestalten wurde weniger, sie verschwanden langsam hinter der Krümmung des Schiffes und gerieten aus dem Ortungsbereich.

Der Mann stieß einen leisen Pfiff aus und hangelte sich mit mehreren Kreuzgriffen an der Schiene entlang bis zu der kleinen Plattform, die den Turm einrahmte. Er zog sich an ihrem Geländer entlang auf die andere Seite und richtete sich ein wenig auf. Er streckte die Beine nach hinten, bis sie den Turm berührten. Zweimal korrigierte er seine Position, dann winkelte er die Beine an und stieß sich erneut ab. Diesmal war seine Flugbahn schräg gegen den Leib der BASIS gerichtet, und er hatte sich mehr Geschwindigkeit gegeben als beim Abstoßen aus der Mannschleuse. Es dauerte knapp sechseinhalb Minuten, bis er Fingerkontakt mit der glatten Schiffsoberfläche erhielt und eine kurze Strecke bäuchlings auf ihr entlangrutschte, ehe ihn die Reibung endgültig zum Stillstand brachte.

Er drehte sich ein Stück zu Seite und beobachtete die Anzeige des Infrarotgeräts. Die Gestalten hatten ihre Richtung ein wenig verändert. Kurz darauf hielten sie an und bildeten ein weites Oval um einen bestimmten Bereich.

Der heimliche Verfolger preßte sich möglichst flach gegen den Boden und versuchte, mit den Augen die Dunkelheit zu durchdringen. Es gelang ihm nicht. Dennoch geschah dort vorn etwas.

Von den sechs Gestalten trennten sich sechs winzige Gegenstände. Sie besaßen eine deutlich erkennbare Eigenwärme, und sie senkten sich entlang dem Oval auf die Oberfläche der BASIS und blieben auf dem Untergrund haften.

Sechs Energieeruptionen ließen die Lampe des Sensors grell aufleuchten. Die Gegenstände entwickelten starke Wärme, und im nächsten Augenblick wölbte sich ein flacher Schirm von rosaroter Farbe über dem Oval. Er stabilisierte sich, und gleichzeitig mit diesem Vorgang setzten sich die sechs Gestalten wieder in Bewegung. Sie entfernten sich in eine andere Richtung als die, aus der sie gekommen waren. Der Verfolger hatte damit gerechnet. Er wartete, bis sie verschwunden waren, und ließ zusätzlich noch fünf Minuten verstreichen. Dann machte er sich auf den Rückweg zu seiner Mannschleuse. Im Unterschied zu der Gruppe hielt er es nicht für sinnvoll, seine Spur zu verwischen. Er stieß sich vorsichtig vom Untergrund ab, trieb in einer ballistischen Kurve in die Höhe und nach Durchqueren des Scheitelpunkts wieder zurück zum Boden. Es kam exakt auf die Dosierung des Bewegungsimpulses an, um die richtige Bahn und die richtige Flugweite zu treffen. Er mußte grinsen, weil er an das Glück und das Pech von Golfspielern dachte, denen es ebenso erging wie ihm. Er näherte sich seinem Ausgangsort und trieb über ihn hinweg, berührte die Oberfläche erst hundert Meter dahinter.

Nun gut, sagte er sich. Es ist sowieso sinnlos, wenn ich hier eine große Geheimnistuerei aufziehe!

Er aktivierte die Magnetsohlen seines Anzugs und stampfte durch den luftleeren Raum zu der Schleuse zurück. Er ließ sich hineinfallen und prallte hart auf. Da sich die Automatik außer Betrieb befand, empfing ihn kein Feld, das ihn weich auf dem Boden absetzte. Er griff nach dem Rand des Außenschotts, das ein Stück vorstand, und fing sich ab. Einen Augenblick hielt er inne und dachte über seine weitere Vorgehensweise nach. Dann griff er entschlossen zur Wand und betätigte die Sensoren für die Automatik.

Das Schott schloß sich, Licht flammte auf. Die Kammer wurde mit Atemluft geflutet, und gleichzeitig umfing ihn ein Schwerefeld von 1 g. Das Innenschott fuhr auf, und er ließ den Helm zurückklappen und sich im Nacken zu einem kaum merklichen Wulst zusammenfalten.

„Hamiller", sagte er laut und deutlich, „du bist mir eine Erklärung schuldig!"

„Jawohl, Sir", kam die Antwort. „Wohin darf ich Sie bringen?"

Er nannte den Zielort, und die Tube baute ein Transmitterfeld um ihn herum auf und entführte ihn mitten aus der Schleuse in ein Zielgerät in der Medostation 8.

Zwei erstaunte Gesichter musterten ihn, als er in seinem hautengen Anzug mit der häßlichen braunen Spezialbeschichtung aus dem Empfänger trat. Seine Glatze spiegelte alle Gegenstände des Laborraumes wider.

„Da bist du ja endlich!" empfing Leo Dürk seinen Kommandanten. „Ich habe dich die ganze Zeit gesucht!"

„Hamiller wußte genau, wo ich war, Leo", entgegnete Waylon Javier. Er blickte zu Herth ten Var. „Wie sieht es in den Schlafkammern aus?"

„Luftdruck und Luftzusammensetzung sind wieder in Ordnung", bestätigte der Arzt. „Hamillers Reparaturtrupp hat schnell reagiert. Es blieb mir erspart, die Männer und Frauen zusammenzurufen und die Patienten zu evakuieren."

Javier berichtete, welche Maßnahme Hamiller ergriffen hatte und wie er ihm auf die Spur gekommen war.

„Waylon, das heißt, daß du genau wußtest, was los ist!"

„Als ich hier war, habe ich bemerkt, daß etwas mit dem Luftdruck nicht stimmte", bestätigte der Kommandant. „Ich hörte das Gespräch mit, das Hamiller mit euch beiden führte. Alles Weitere wißt ihr jetzt!"

„Verdammt, Waylon, was ist eigentlich los?" fragte der Waffenmeister.

Javier zuckte mit den Schultern.

„Nichts", entgegnete er. „Vermutlich gar nichts. Ich werde ein Wörtchen mit Hamiller reden. Er scheint etwas gegen unsere Patienten zu haben. Das ist die einzige Erklärung, die mir einfällt!"

An der silbernen Wand blinkten etliche Lichterketten, ein Zeichen, daß Hamiller mit Hunderten von Hauptsystemen überall in der BASIS kommunizierte. Als Waylon Javier eintrat, schwieg die Tube und tat nicht, als hätte sie die Ankunft des Kommandanten festgestellt. Javier schloß die Augen und wartete auf die übliche Begrüßung. Er rief sich alle die Merkwürdigkeiten in Erinnerung, die die Existenz der Hamiller-Tube von Anfang an begleitet hatten. Zunächst einmal war sie von dem genialen Wissenschaftler Payne Hamiller nachträglich in das

Fernschiff eingebaut worden. Dann hatte sie 400 Jahre nutzlos und unbenutzbar herumgestanden und war als Schrott angesehen worden, ehe sie sich am 17. 12. 424 selbst aktiviert hatte. Von da an war das Gerücht umgegangen, das Gehirn Hamillers befände sich irgendwo in diesem Kasten.

Manchmal hatte er wirklich diesen Eindruck, bekannte Javier. Und im Augenblick fragte er sich, ob diese Syntronik in der Wand vor ihm überhaupt zurechnungsfähig war, oder ob sie unter den sich aufschaukelnden hyperphysikalischen Phänomenen und ihrer Auswirkungen auf den Normalraum Schaden genommen hatte.

Javier holte einmal tief Luft und rieb die Fingerknöchel der linken Hand, die ihn juckten.

„Hallo Hamiller!“ sagte er laut und deutlich.

„Guten Tag, Sir! Ich habe Sie erwartet“, kam die Antwort. „Sie wollten mit mir sprechen!“

„Du bist es, der mir eine Erklärung schuldig ist“, stellte der Kommandant fest. „Ich höre.“

„Sie brauchen sich nicht zu beunruhigen, Mr. Javier. Es handelt sich wirklich nur um einen harmlosen Zwischenfall. Wie Sie wissen, ist das Leck inzwischen abgedichtet worden!“

„Ein Pfusch, reine Augenwischerei, Hamiller. Ich verlange eine logische Antwort von dir! Wieso konnte Luft aus der Schlafkammer entweichen? Das ist doch gar nicht möglich!“

„Eine Erklärung fällt mir so schwer wie Ihnen. Es gibt im Augenblick für mich nur eine, nämlich, daß es sich um Materialermüdung handelt. Wie es geschehen konnte, ist mir schleierhaft. Ich bin bereits dabei, die Voraussetzungen für eine Beseitigung des Risses in der Außenhaut zu schaffen.“

Javier hatte längst die Finger ineinander verkrallt. Er wiegte verneinend den Kopf hin und her wie ein Lehrer, dem die Antwort seines Schülers nicht gefiel. Er war überzeugt davon, daß Hamiller nur Ausflüchte gebrauchte.

„Modifizierter Ynkelonium-Terkonit-Stahl reißt nicht. Er gleicht auftretende Spannungen automatisch aus, Hamiller. Das Material ist nicht nur enorm fest und hart, sondern auch ausgesprochen elastisch. Von der Konstruktion der BASIS her können keine Risse im Material auftreten. Außerdem liegen die Schlafkammern zwar unter der Außenwandung des Schiffes, aber zwischen ihnen und der äußersten Wand verlaufen Schächte und Kanäle. Die Wandung ist auf dem Schalenprinzip aufgebaut, und die Zwischenräume zwischen den Dreifachwänden sind im Wabensystem konstruiert. Da kann nichts reißen oder brechen. Du weißt das so gut wie ich."

„Ich kenne die Konstruktionsprinzipien, Sir, dennoch kann ich nicht über die Tatsachen hinwegsehen. Möglicherweise ist der Fehler auf einen Einfluß aus dem Hyperraum zurückzuführen, der so gering war, daß er nicht angemessen werden konnte, andererseits aber so viel Energie besaß, um die Wandung zu zerstören. Die Phänomene rings um Hangay werden immer stärker."

„Gehen wir einen Gedanken weiter, Hamiller! Ich glaube nicht so recht daran, daß deine empfindlichen Systeme einen solchen Vorgang nicht erkennen können. Du nimmst Vorgänge im Mikrosekundenbereich und weit darunter wahr und könntest sogar einen Floh identifizieren, wenn er auf der Außenhaut der BASIS säße. Deine mikroenergetischen Prüfeinrichtungen sind so hoch entwickelt, daß du selbst ein Husten registrierst, wenn es von einem SERUN-Träger mit ausgeschaltetem Funk in einer Entfernung von hundert Metern vom Schiff abgegeben wird. Du hast jedes Wort meines Selbstgesprächs mitgelauscht, das ich draußen geführt habe."

„Da gebe ich Ihnen allerdings recht, Sir, doch darf ich

Ihnen versichern, daß es nicht in meiner Absicht lag, Ihre persönlichen Gedanken zu be . . ."

„Das ist nebensächlich, Hamiller. Bleiben wir bei unserem Problem. Was willst du genau tun, um das Leck zu beseitigen?"

„Ich werde einen der flugfähigen Konverter einsetzen, um das Material so zu erhitzen, daß die Temperatur 96 000 Grad übersteigt. Dann schmilzt der Stahl, und das Leck wird durch ein Steuerungsfeld geschlossen. Es wird keine Narbe und kein Wulst zurückbleiben."

„Recht und gut. Aber garantierst du, daß nicht irgendwo an anderer Stelle ein ebensolches Leck auftritt?"

„Das kann ich nicht garantieren, und Sie wissen das. Aber ich werde alles tun, um für das Wohl der Menschheit zu sorgen."

Noch wußte Waylon Javier nicht, daß diese Worte eine entscheidende Bedeutung besaßen.

4. *Die Flucht*

Zwei Stunden nach dem Abflug des Kurierschiffs mit Sheela Rogard an Bord griffen sie an. Sie tauchten in unmittelbarer Nähe der BASIS aus dem Hyperraum auf. Zwei Lastengleiter, die sich mehrere Kilometer über dem Landefeld und der Großschleuse des Werftteils im Zentrum der oberen BASIS-Schale befanden, retteten sich rasch durch die von Hamiller in der aufflammenden Paratron-Staffel geschaffenen Strukturlücken hinunter.

Überall in der BASIS brüllte der Alarm. Hamiller sprudelte eine Reihe von Anweisungen an die Besatzung heraus, und die Männer, Frauen und Kinder beeilten sich, ihnen nachzukommen und die Sicherheitszonen aufzusuchen. Lediglich die Hauptleitzentrale blieb voll besetzt.

Mehrere Kugelraumer und Space-Jets, die sich weiter vom Mutterschiff entfernt befanden, wurden durch einen Hyperfunkspruch aufgefordert, nicht zurückzukehren und sich dem Kampfgebiet fernzuhalten.

„Es sind lauter Wahnsinnige“, knurrte Waylon Javier und meinte die Hauri. Er vergrub die Hände noch tiefer in den Taschen seines Kittels.

Im Namen des Herrn Heptamer, des Bewahrers aller Tage, fordern wir euch auf, unsere Artgenossen nicht länger gefangenzuhalten. Das rote Feuer der Eshraa Maghaasu wird euch verschlingen, wenn ihr euch widersetzt. Die Macht des Hexamerons ist ungebrochen. Wir fordern . . .

„Schaltet den Unsinn endlich ab!“ Javier mochte es nicht mehr hören. Der Funksyntron baute eine Verbindung mit den Raumern auf. „Hier Javier, galaktisches Raumschiff BASIS. Wir hören euch. Wir haben keinen einzigen Gefangenen an Bord. Alle Fremden, die wir in der Nähe Hangays aufgelesen haben, befinden sich im Koma. Sie sind durch den Strangeness-Schock bewußtlos geworden. Wir wissen nicht, warum das so ist.“

Er hielt inne und wartete auf eine Antwort. Sie kam in Form einer Glutwolke, abgegeben von einen Dutzend der Angreifer. Die Hauri waren nicht gekommen, sich auf eine Unterhaltung einzulassen. Sie handelten in dem Wahn des Hexamerons und ließen nur ihre eigene Meinung gelten. Zweifellos gehörten sie zu jenen, die bereits vor dem Eintreten der Katastrophe als heimliche Agenten und Werber des Hexamerons in die Lokale Gruppe gekommen waren. Sie schienen von der verheerenden Wirkung der Strangeness auf ihre Artgenossen nichts zu wissen und setzten deren Immunität voraus.

Der Beschuß der BASIS brachte nichts. Die Schirme des riesigen Gebildes besaßen eine energetische Kapazität, die den Angriff einer kleineren Flotte aushalten konnte.

Dennoch, auf eine Probe wollte Javier es nicht ankommen lassen. Er wußte genug über die technischen Potentiale der Hauri. Die Sicherheit seines Schiffes war ihm lieber.

„Sir, wenn ich etwas vorschlagen darf“, meldete sich die Hamiller-Tube. Javier, der der Syntronik nicht mehr so vorbehaltlos vertraute wie früher, schnitt ihr das Wort ab.

„Wir werden einige der Hauri in ein Beiboot schaffen und es ihnen hinüberschicken. Sie sollen sich mit eigenen Augen überzeugen, wie es um ihre Artgenossen bestellt ist. Vielleicht sind sie dann eher geneigt, uns zu glauben.“

„Der Transport wird sofort eingeleitet, Sir. Sie haben mir das Wort aus dem Mund genommen!“

Keine fünf Minuten später verließ ein Beiboot eines der Außendocks und stieg durch die Schirmstaffel in das All hinaus. Es sandte einen Dauerfunkspruch in Hangoll, und die Hauri verzichteten tatsächlich darauf, ihre Artgenossen unter Beschuß zu nehmen. Die Automatik führte das Boot bis nahe an die Flotte heran, und wenig später konnte man in der BASIS beobachten, wie ein Enterkommando an Bord ging und die schlafenden Hauri herausholte. Kurz darauf wurde das schutzlose Boot durch gezielten Beschuß mit einem Desintegrator zu Staub verwandelt.

„Wieder ein Beiboot weniger, Waylon.“ Sandra Bougeaklis sagte es mit Bedauern in der Stimme. „Wann beginnt die Werft mit der Herstellung der neuen Hunderter-Serie Space-Jets?“

„Wir haben noch Zeit“, erklärte der Kommandant. „Geplant ist sie für nächsten Monat. Nach dem, was ich bisher aus dem Logistischen Zentrum gehört habe, sind die Vorbereitungen fast abgeschlossen. Warum willst du es wissen?"

„Weil ich mich frage, ob es noch dazu kommen wird."

Javier fuhr ruckartig herum und starrte sie an. Er begann mit dem Zeigefinger über die Nasenwurzel zu reiben. Deutlich war ihm anzusehen, daß er etwas sagen wollte. Er warf einen Blick über die Schulter, wo er die Syntronfelder der Aufnahmeoptiken wußte.

„Wir werden sehen", meinte er vieldeutig.

Die Hauri griffen an und nahmen seine ganze Aufmerksamkeit in Anspruch. Die Trimarane verteilten sich über den gesamten Sektor, und aus mehreren Tochterschiffen draußen im All trafen Anfragen ein, ob man nicht eingreifen sollte. Javier lehnte es ab.

„Es wäre ja gelacht, wenn wir mit denen nicht selbst fertig würden", sagte er. „Leo, wie sieht es aus?"

„Alles klar, Chef. Wir können!"

„Feuer frei! Wir schlagen zurück. Aber gib deinen Anlagen Anweisungen, daß sie möglichst keine Volltreffer landen. Ich will die Hauri warnen, nicht sie vernichten!"

„Mr. Javier, diese Anweisung hat Mr. Dürk bereits vor wenigen Minuten erteilt", mischte sich Hamiller ein. „Wenn ich mir eine Bemerkung erlauben darf: Es handelt sich bei diesen Wesen um Verblendete. Sie glauben nicht einmal an das, was sie sehen. Wir sollten ihnen alle ihre Artgenossen ausliefern und warten, bis sie abgezogen sind."

„Und du glaubst, daß das so einfach geht?" wollte Miztel, der Neuarkonide wissen.

„Sie werden es erleben, Sir!"

„Wir werden es nicht tun, Hamiller", sagte Javier scharf. „Die Hauri brauchen intensive medizinische Betreuung, die sie vermutlich bei ihren Artgenossen nicht erhalten werden. Wir behalten sie bei uns!"

„Akzeptiert, Mr. Javier. Aber ich werde Sie bei Gelegenheit an diese Fehlentscheidung erinnern."

„Hamiller, was soll das heißen?"

„Nichts. Es hat keinen speziellen Hintergrund, wenn ich das sage!"

„So, hat es nicht?" fauchte der Kommandant.

„Nein, Sir!"

Javier hätte liebend gern nachgedacht, aber die Entwicklung der Situation ließ es nicht zu. Die Hauri lösten ihren Verband auf und begannen, die BASIS wie ein Schwarm lästiger Insekten zu umkreisen. Die Trimarane tanzten um den Koloß herum und suchten nach geeigneten Stellen, um ihre Mückenstiche anbringen zu können.

Die BASIS zögerte. Leo Dürk hatte die Syntrons angewiesen, erst zu warten, bis die Wesen aus Hangay von sich aus das Feuer eröffneten. Das ließ nicht lange auf sich warten, und jetzt traten die Verteidigungsanlagen des Raumriesen in Tätigkeit. Die Waffensysteme konzentrierten sich gebündelt auf einzelne Hauri-Raumer, und diese zogen sich zurück, als es für sie kritisch wurde. Sie rasten davon und kehrten an anderer Stelle in die Nähe der BASIS zurück. Sie änderten ihre Taktik und bildeten kleine Pulks zu fünf oder sechs Einheiten. Sie konzentrierten den Beschuß auf bestimmte Stellen über der Oberfläche der BASIS, und ihr Punktbeschuß führte zu einem Teilerfolg. Es gelang ihnen an mehreren Stellen, die Paratronabschirmung in der obersten Schale aufzubrechen. Mehr nicht. Die gestaffelt, variabel und mehrschichtig angeordneten Systeme verhinderten, daß die vernichtenden Energien bis in die Nähe des Schiffes gelangten und diesem Schaden zufügten.

„Sir", meldete sich Hamiller, als die Hauri sich erneut formierten und sich dem Heck der BASIS mit dem Triebwerkssektor zuwandten. „Meine Berechnungen ergeben, daß eine Verdoppelung der Schiffszahl dem

Gegner die Möglichkeit gibt, uns ernsthaft zu gefährden. Ich kann dann nicht mehr für die Sicherheit des Schiffes und seiner Bewohner garantieren."

„Du wirst es tun müssen", erklärte Javier. „Wenn es nicht anders geht, mußt du die BASIS eben in Sicherheit bringen."

Hamiller gab darauf keine Antwort. Javier empfand es als beruhigend, daß die Tube von den Bewohnern des Schiffes sprach und nicht von der Besatzung. Sie trug damit den Gegebenheiten Rechnung, daß die BASIS eben nicht nur ein riesiges Schiff war, auf dem 12 260 Lebewesen Dienst taten, sondern daß es sich um die Heimat der Männer und Frauen handelte, die teilweise Jahrzehnte hier Dienst taten. Der überwiegende Teil der Besatzung wurde von Terranern gestellt und von Terra-Abkömmlingen. Ein kleiner Teil gehörte anderen Milchstraßenvölkern an.

Die BASIS verharrte nach wie vor auf ihrer Position, und die Hauri flogen einen Angriff gegen das Heck mit den Antriebssystemen. Hamiller hatte dort bereits die Schirmenergien erhöht. Er projizierte einen zusätzlichen Energieschild, der die größte Wucht der Vernichtungsstrahlen bereits über der Paratronstaffel auffing und sie so verteilte, daß sie nicht gebündelt auftraf. Der Schild zerplatzte dabei, aber er reichte aus. Hamilller baute ihn sofort neu auf und kam damit den Hauri zuvor. Sie benötigten eine halbe Stunde länger, um eine weitere Salve abzugeben.

Dennoch begann die BASIS wie eine Glocke zu dröhnen und leicht zu schwingen. Javier warf den Kopf empor und fuhr sich mit der Hand über den kahlen Kopf. Dort bildeten sich winzige Schweißperlen. Der Kommandant kniff die Augen zusammen und ließ den Blick über die optischen Anzeigefelder wandern.

„Was ist los?“ rief er. „Leo, verdammt! Wo kommt das Zittern her?“

Die Ortung blieb mit Ausnahme der Gegner-Erfassung passiv. Dennoch wurde Waylon den Eindruck nicht los, daß etwas nicht in Ordnung war.

„Hamiller, ich möchte die gesamte Ortung!“

„Jawohl, Sir. Sie liegt Ihnen vor. Es gibt keine andere!“

„Doch, die gibt es!“ meldete sich eine Stimme von einem Monitor. Sie gehörte Miztel. „Waylon, Hamiller lügt. Ich habe hier in der Astrogator-Position Epsilon acht ein paar Geräte, die nicht mit den Schiffssystemen gekoppelt sind. Sie melden ein Gravobeben!“

Epsilon 8 lag auf der Unterseite der BASIS, eine kleine Kuppel auf der Schale, direkt gegenüber der Großschleuse auf der Oberseite.

Javiers Arm schnellte nach vorn. Er koppelte einen Teil der Systeme von der Vernetzung ab und schaltete den Alarm ein. Erneut begannen überall im Schiff die Sirenen zu wimmern.

Die BASIS schüttelte sich plötzlich. Sie schwankte hin und her, und draußen kamen die Angreifer ins Trudeln. Javier sah eine Gruppe von vier Schiffen, gewissermaßen die Nachhut. Sie änderten plötzlich ohne sichtbare Einwirkung den Kurs und rasten seitlich weg. Es entstand der Eindruck, als seien sie von einer unsichtbaren Faust getroffen worden.

„Gravo-Alarm!“ meldete Hamiller jetzt und zeigte die Meßwerte an. „Wir befinden uns am Rand einer Zone der Instabilität. Das Zentrum liegt zweieinhalb Lichtsekunden entfernt.“

Zweieinhalb Lichtsekunden. Das waren knapp 750 000 Kilometer. Gemessen an der Ausdehnung der zuletzt beobachteten Strukturverdrängungen und Gravitationszusammenbrüche hielt Javier den Abstand nicht für ausreichend.

„Fahrt aufnehmen!“ wies er die Syntrons an. „Wir entfernen uns auf zehn Lichtsekunden vom Zentrum.“

„Sir, ich darf Sie darauf hinweisen, daß die BASIS die Anweisung erhalten hat, ihren Standort nicht zu verlassen!“

Javier zuckte wie unter einem Peitschenhieb zusammen. Hatte Hamiller die Gravitationsortung deswegen unterdrückt?

„Hamiller, nimm Vernunft an!“ sagte Sandra laut. „Wir nehmen lediglich eine geringfügige Veränderung vor und kehren danach wieder an die alte Position zurück. Du kannst nichts dagegen haben!“

Wieder dröhnte das Schiff wie eine Glocke. Irgendwo schepperte und klirrte es. Aus den meisten Schiffsabteilungen trafen Meldungen ein. Dort machten die Besatzungsmitglieder dieselben Wahrnehmungen.

Aber es konnte nicht sein. Das, was da ablief, konnte es gar nicht geben. Die BASIS stellte eine stabile Einheit aus hunderttausend Segmenten dar, die optimal miteinander verbunden waren. Die Konstruktion des Schiffes war dem Plan der Vollendung entsprungen, den ES mit NATHANS Hilfe durchgeführt hatte. Sie war ein völlig neuartiges Schiff gewesen, ein fliegender Kleinplanet mit allen Möglichkeiten der Raumausnutzung, die sich Techniker dieses Zeitalters hatten vorstellen können. NATHAN hatte die Einzelteile in den lunaren Werften des Sektors Germyr-C-VIII-128-P gebaut und in den Orbit katapultiert, wo sie von Robotern zusammengefügt worden waren. Die Konstruktionsprinzipien verhinderten gerade das, was sich jetzt beobachten ließ.

„Was ist mit der BASIS los?“ Javiers Frage kam wie aus der Pistole geschossen. „Antworte, Hamiller!“

„Es tut mir aufrichtig leid, Mr. Javier“, meldete sich die Tube. „Ich weiß es nicht. Ich habe keine Erklärung dafür!“

„Danke, Hamiller!“

Javier warf den Insassen der Hauptleitzentrale einen bedeutungsvollen Blick zu. Alle Gesichter waren ohne Ausnahme ernst und fassungslos zugleich.

„Les?“ Das eine Wort des Kommandanten klang wie ein Hilferuf. Der Vertreter aller an Bord vertretenen Wissenschaftsrichtungen schloß für einen Sekundenbruchteil die Augen.

„Es ist eindeutig, Waylon“, erwiderte er leise. „Ich brauche gar nicht mit den einzelnen Abteilungen Rücksprache zu halten. Hamiller hat den Verstand verloren. Er leidet unter den Auswirkungen der psionischen Eruptionen, die wir von DORIFER anmessen und die vor allem in Hangay zu spüren sind.“

„Sir, ich protestiere in aller Form. Ich bin bei klarem Verstand!“

„Offenbar nicht“, kommentierte Sandra Bougeaklis nach einem Blick auf den heimlich geliebten Mann.

Javier gab der Tube keine Antwort. Die Sicherheitssysteme bauten Prallfelder auf und schützten die Insassen der Zentrale sowie die Gerätschaften gegen den Schlag, der das gesamte Schiff erschütterte.

Alles wackelte. Selbst die Sessel aus Formenergie bebten mit, obwohl die Prallfelder das eigentlich hätten verhindern müssen.

Mehrere Warnlichter materialisierten über den Projektor-Konsolen, und der Steuersyntron flüsterte Meldungen.

Der Feldantrieb wurde hochgefahren. Nochmals schüttelte sich die BASIS wie ein Stier, der lästige Insekten loswerden wollte.

„Wohin geht es?“ kam die Anfrage aus den Schiffen, die sich weitab der Ereignisse hielten.

„Fragt Hamiller!“ knurrte Javier. „Er geruht nicht, mich zu informieren. Haltet euch in der Nähe. Verfolgt das Hyperecho der BASIS. Weit werden wir uns nicht entfernen, falls es überhaupt zu einem Metagrav-Manöver kommt!"

Der Koloß nahm Fahrt auf. Träge drehte er sich um achtzig Grad und stellte den Bug in Richtung Fornax. Die Raumer der Hauri hatten sich ein Stück zurückgezogen und beobachteten, was geschah.

Das Gravobeben nahm an Intensität zu. Eine halbe Lichtsekunde von der BASIS entfernt wurde der vierdimensionale Raum so stark gekrümmt, daß alles, was sich in der Krümmung befand, unweigerlich plattgedrückt werden mußte.

„Schneller!" ächzte Javier. Ein Geräusch klang auf, das den Anwesenden an den Zähnen weh tat.

„Was willst du tun, Waylon?" Das war Leo. „Hamiller ist außer Kontrolle!"

Javier wandte den Kopf. Die Blicke der beiden Männer kreuzten sich. Javier wußte genau, was sein Waffenmeister meinte.

„Noch hat er eine kleine Chance", murmelte er.

Die BASIS wurde schneller. Sie entfernte sich zunehmend von der gefährlichen Zone. Hamiller hatte eingesehen, daß er die Existenz des Schiffes und seiner Bewohner aufs Spiel setzte, wenn er nicht handelte.

Der Feldantrieb stieß das Schiff vorwärts. Die Bebenwellen dehnten sich aus, der gefährdete Bereich vergrößerte sich innerhalb eines Atemzugs um ein Vielfaches. Aus dem Hyperraum drangen gewaltige Energiepotentiale in den Normalraum ein und verformten ihn. Die Hauri wagten keinen neuen Angriff. Sie flohen aus der Nähe der BASIS, formierten sich und beschleunigten in Richtung Andromeda. Minuten später verschwanden sie im Hyperraum.

Das Vibrieren nahm weiter zu. Die gesamte Schiffszelle

zitterte, und das Phänomen übertrug sich auf alle Räume bis hinein in das Zentrum.

Javier holte einen Zustandsbericht auf einen Feldmonitor und betrachtete die Meldungen. Er konnte nichts feststellen. Im Schiff hatte sich nichts verändert. Draußen schob sich das Zentrum des Gravitationsbebens unaufhaltsam näher.

„Beschleunigung wird fortgesetzt“, meldete die Hamiller-Tube. „Erreichen der Mindestbeschleunigung in knapp fünfzehn Minuten!“

„Was soll das heißen?“ fragte Les Zeron und beherrschte seinen Zorn nur mühsam. „Wohin willst du fliegen?“

„Ich befolge den Befehl des Kommandanten und bringe die BASIS in Sicherheit, Sir. Vertrauen Sie mir!“

Mit der Mindestbeschleunigung meinte die Tube jene Genze, hinter der eine Aktivierung des Metagrav-Vortex möglich war.

„Hamiller, wir bleiben im Normalraum!“ befahl Javier. „Es wird kein Metagrav-Manöver eingeleitet.“

Die Syntronik schwieg, und Javier dachte sich seinen Teil dabei.

„Du hast recht, Les“, meinte er. „Es bleibt uns keine andere Wahl. Wir müssen zuerst an die Sicherheit der Besatzung denken.“

„Willst du den Bugteil abkoppeln?“

„Nein, ich denke nicht daran. Ich werde die Notbremse ziehen!“

Das Zittern war inzwischen zu einem Wackeln geworden. Javier holte verschiedene Schiffsabteilungen auf seine Schirme und beobachete sie. Überall bebten die Einrichtungen, und in den Hangars wackelten die Jäger und Kleinschiffe in ihren Halterungen, so daß zusätzliche Antigravfelder eingeschaltet werden mußten. Der Energieverbrauch stieg um das Vierzigfache an, und die

Meiler in den verschiedenen Energiestationen meldeten fast ohne Ausnahme Vollast.

Das war bei Normalbetrieb ein Unding.

„Hamiller, zum letzten Mal! Bestätige meinen Befehl!"

Die Antwort ließ auch den Dümmsten unter den über zwölftausend erkennen, daß Hamiller zu einem Risiko für das Schiff geworden war.

„Tut mir leid, Sir. Ich kann Ihren Befehl nicht bestätigen. Er läuft dem zuwider, was ich bereits an Order erhalten habe. Zunächst bringe ich das Schiff in einen Bereich, in dem Strukturverdrängungen und andere Erscheinungen nicht zu befürchten sind. Danach können wir uns gern weiter unterhalten. Halt, bleiben Sie da, Sir! Es hat keinen Wert, wenn Sie mich aufsuchen. Ich bin unzerstörbar. Ich habe meinen Schutzschirm aufgebaut. Niemand kommt an mich heran."

Javier hielte inne. Seine Schultern sanken herab. Als er sich umwandte und zu seinem Sessel zurückkehrte, wirkte er wie eine Marionette.

„Wenn du weiterbeschleunigst, zerstörst du das Schiff", sagte er. „Die BASIS ist beschädigt. Du weißt, warum. Sage es mir!"

„Sir, es hat keinen Wert. Ich setze den Flug fort."

Das Beben wurde zu einem Wackeln, und zwei Minuten später hatten die Männer und Frauen den Eindruck, als müßten ihnen jeden Augenblick die Fetzen um die Ohren fliegen. Hamiller beschleunigte mit mittleren Werten weiter, und wenig später meldeten die Anzeigen, daß er den Vortex aufbaute und das Schiff in den Hyperraum führen wollte.

„Alpha-Befehl, Hamiller!" Javier versuchte es ein letztes Mal. „Das Manöver wird sofort abgebrochen!"

Als Antwort traf ein Ausläufer der Gravitationsverschiebungen das Schiff und wirkte sich aus, als besäße es keinerlei Schutzschirme. Metallisches Kreischen erfüllte die Zentrale und übertönte jedes weitere Wort. Die Andrucksabsorber begannen zu schwanken, die Schwerkraft von 1g veränderte sich mit unregelmäßigen Werten. Irgendwo löste sich ein Aggregat aus der Halterung, stürzte zu Boden und rutschte in eine Ecke, weil der Boden plötzlich schräg verlief.

Und mitten in das aufkommende Chaos hinein öffnete sich einer der Eingänge, und zwei Menschen stürzten herein.

Die SERUNS erschwerten ihnen das Vorwärtskommen, aber der erste Alarm hatte sie erreicht, noch bevor sie sich über ihr Ziel im klaren gewesen waren. Zu ihrer Sicherheit waren sie in die Anzüge gestiegen. In ihnen konnte Hamiller sie besser orten, doch Jeffrey wußte, daß es in den Außenbereichen der BASIS Sektoren gab, in denen ganze Abteilungen nicht vernetzt waren. In ihnen existierten nur interne Beobachtungsmöglichkeiten, und bei den Räumen handelte es sich meist um Lager oder Depots, in denen allerhand Gerümpel abgestellt war.

Einer dieser Sektoren war ihr Ziel, und sie machten sich zu Fuß auf den Weg. Die Transmitter waren blockiert und durften nur im Notfall und auf eigenes Risiko benutzt werden. Zunächst bewegten sie sich mit Hilfe der Flugaggregate der SERUNS vorwärts, und der Endophysiker war klug genug gewesen, seinen Ausflug entlang der Außenbereiche als wichtige Untersuchung zu bezeichnen und die Syntrons seiner Abteilung entsprechend zu informieren. Allein daran lag es, daß niemand ihren Weg behinderte oder sie aufforderte, die nächstgelegenen Sicherheitspositionen aufzusuchen.

Der Übergang mit Hilfe der Gravitationsschleusen stellte wie immer etwas Besonderes für sie dar, obwohl sie es gewohnt waren. Sie erreichten das Ende eines

Ganges, schritten gewissermaßen auf eine Wand zu, in der es keine Tür gab. Zwei Meter davor wurden sie von einem unsichtbaren Feld erfaßt, das sie mitten im Schritt auf eine andere Schwerkraftebene hob. Das, was für sie „unten“ darstellte, lag in einem Sechzig-Grad-Winkel zum bisherigen Boden. Außer einem leichten Andruck, den das Feld auf den Körper ausübte, spürten sie nichts vom Übergang. Sie gingen einfach in den Korridor hinein, der vor ihnen lag, und wenn sie zurückblickten, erkannten sie den anderen Gang schräg über sich.

Die Strecke bis zum Versorgungsschacht am Observatorium legten sie schweigend zurück. Als sie ihn erreichten, hob Lakoitse die Hand, und Anthea blieb stehen und blickte sich um. Ihr SERUN gab ihr die neuesten Meldungen aus dem Abteilungssyntron durch, der sie direkt aus der Hauptleitzentrale empfing. Sie wurden über das informiert, was sich außerhalb des Kolosses abspielte.

Jeffrey arbeitete mit einem Magnettaster, und als er ihn zurücknahm, öffnete sich der Schacht, und das schummerige Licht einer Notbeleuchtung drang ihnen entgegen. Nacheinander stiegen sie in den Schacht und hangelten sich die Behelfsleiter hinab bis zur nächsten Ebene. Sie balancierten fünfzig Meter auf einem geländerlosen Steg über einen Abgrund hinweg, ständig darauf bedacht, die Aggregate ihrer Anzüge nicht benutzen zu müssen, um Hamiller keinen Hinweis auf ihren Aufenthaltsort zu geben. Hinter dem Steg gelangten sie an ein Mannschott, und als Lakoitse es von Hand geöffnet hatte, sah Anthea ihm die Erleichterung an. Sie traten hindurch. Der Terraner schloß es, dann betätigte er einen Schalter an der Wand. Blaues Licht flammte auf und beleuchtete die bizarre Welt zwischen den Wänden, die meistens nur von Wartungsrobotern besucht wurde.

Jeffrey ließ den Helm zurückfahren und sich im Nacken zu einem Kapuzenwulst zusammenlegen.

„Hier sind wir ungestört“, sagte er. „Die nächsten Richtmikrofone Hamillers sind zu weit entfernt. Er kann nicht hören, was hier gesprochen wird. Roboter halten sich derzeit in diesem Bereich auch keine auf. Hamiller weiß zwar ungefähr, wo wir uns befinden, aber bis er uns einen Spion nachgeschickt hat, ist es hoffentlich zu spät.“

Auch Anthea hatte den Helm geöffnet, und Jeffrey hauchte ihr einen Kuß auf die Wange.

„Noch hast du mir nicht gesagt, wonach du suchst“, stellte sie fest. „Weißt du es nicht, oder willst du es mir nicht sagen?“

„Ich weiß es nicht mit Sicherheit. Komm, wir werden uns Gewißheit verschaffen! Soviel ich mitbekommen habe, war Javier draußen an der Außenseite und hat die Schirmabdichtung des Lecks über der Medostation acht beobachtet. Waylon ist kein Dummkopf. Er macht sich seine Gedanken. Wenn wir beweisen können, daß es nicht das einzige Leck ist, wäre uns schon gedient!“

Sie spürten das Vibrieren des Bodens und hörten das Klirren von Metallteilen. Lakoitse hatte es plötzlich eilig, und sie hasteten zwischen die Knäuel aus Röhren und Leitungen mit ihren unzähligen Abzweigungen hinein. Verstrebungen ragten ihnen wie Speere entgegen, und das blaue Licht verlieh dem Ganzen den Hauch des Gespenstischen. Dicke Kabel durchzogen das Labyrinth in der Art roter Fäden, und sie hatten zu schwingen begonnen und entwickelten eine Eigendynamik, die es gefährlich machte, sich in ihrer Nähe aufzuhalten. Sie wichen ihnen aus, so gut es ging, und nach ungefähr zweihundert Metern hatten sie das Gewirr endlich hinter sich gelassen. Vor ihnen liefen zwei wabenstrukturierte Wände zusammen, berührten sich jedoch nicht, sondern bildeten einen Spalt von etwa zwei Metern Breite. Er reichte ohne sichtbare Abgrenzung nach oben und nach unten, und Jeffrey deutete auf die Streben:

„Hier müssen wir durch, Maus!“

Anthea verzog den Mund. Sie trat an den Spalt und betastete das Material. Im blauen Licht strahlte es beinahe weiß. Das bedeutete, daß es in Wirklichkeit ebenfalls von blauer Farbe war.

Terkonit oder die Ynkelonium-Terkonit-Legierung, aus der auch die äußere Schale der BASIS bestand.

„Los, halte keine Maulaffen feil!“ zischte sie. „So sagt man doch auf Terra, oder?“

„Man sagt es auch auf Pinterville!“ Er setzte sich in Bewegung und begann in die Verstrebungen zu steigen. Er mußte grinsen, weil er an die Bedeutung des Namens seiner Heimatwelt erinnert wurde.

Pinterville war in der ersten Phase terranischer Expansion kolonisiert worden. Es mußten wahre Trunkenbolde gewesen sein, die den Planeten in Besitz genommen hatten. Sie hatten sich nicht mit einer Halben oder einer Maß als Einheit begnügt. Bei ihnen mußte die Halbe Bier mehr als ein halber Liter sein. Also hatten sie aus der alten terranischen Region Britannien die Maßeinheit „pint“ eingeführt, die 0,57 Liter beinhaltete.

Ein Schlag erschütterte die BASIS, und Jeffrey Lakoitse verlor den Halt. Seine Handschuhe glitten an dem blanken Metall ab, und er drehte sich um neunzig Grad und wäre vermutlich abgerutscht, wenn Anthea ihn nicht aufgefangen hätte.

„Paß doch auf!“ mahnte sie. „Soll ich vorausgehen?“

„Nein, nein.“ Er wehrte ab. „Es sind nur ein paar Meter!“

Sie verschwanden zwischen den engen Wänden und hangelten sich von einer Verstrebung zur anderen. Es dauerte nicht einmal zwei Minuten, bis sie den Engpaß durchstiegen hatten. Die Wände wichen zur Seite und bildeten eine Halle ohne Boden, mindestens fünfzig Meter breit und gut dreihundert Meter lang. Auch hier herrschte blaues Licht vor, und es beleuchtete ein riesiges, gewindeartiges Metallstück, das nach vorn in eine Art Haken auslief. Der Haken verschwand hoch oben in der Öffnnung einer Decke oder Schrägwand, und rund um das Gebilde herum erkannte Anthea eine Reihe von Magnetprojektoren. Die SERUNS meldeten starke Magnetfelder und gaben eine Warnung ab. Den Feldern durfte sich niemand auf mehr als zwanzig Meter nähern, wenn er keinen Schaden nehmen wollte.

„Hier hinauf!"

Der Endophysiker deutete auf die Kerben, die rechts in die aufragende Wand eingelassen waren. Noch immer verzichteten die beiden Menschen auf die Zuhilfenahme der SERUN-Aggregate. Mit plumpen Bewegungen stiegen sie in die Wand und kletterten dreißig Meter empor. Inzwischen waren die Vibrationen ihrer Umgebung stärker geworden, von irgendwoher drang das Heulen einer Sirene an ihre Ohren.

Lakoitse stieß eine Verwünschung aus. Hoffentlich kamen sie nicht zu spät.

„Leichter Druckabfall oben an der Wand", meldeten die SERUNS gleichzeitig. „Es besteht Gefahr für euch."

„Vorläufig gibt es keine Gefahr", gab Anthea zur Antwort. Sie schloß dicht zu ihrem Partner auf. Jeffrey arbeitete sich noch ein paar Meter höher.

„Hier ist es! Siehst du es?"

„Ich sehe eine Naht", bestätigte sie. „Welche Bedeutung hat sie?"

„Mein Gott, kannst du dir das nicht denken?"

Anthea schwieg. Sie ahnte jetzt, worauf er sie aufmerksam machen wollte.

„Sag du es mir", bat sie.

Er fuhr mit dem Handschuh an der Linie entlang. Sie

teilte die gesamte Wand in zwei Teile, und sie hätte nicht vorhanden sein dürfen.

„Hier grenzen zwei Segmente aneinander", sagte er leise. „Die Abschlußkanten sind normalerweise nicht zu identifizieren. Das Interkonnekt-Feld hat die vorbehandelte Molekularstruktur beim Zusammenbau der BASIS so beeinflußt, daß sie nicht mehr vorhanden sind. Damit ist die von der Konstruktion vorgesehene statische Festigkeit des Giganten erzielt. Ohne diese Festigkeit ist die BASIS nicht flugfähig. Die mechanischen Kopplungen, wie du dort oben eine siehst, reichen nicht aus. Auch die dynamische Festigkeit, die durch die Schwerkraftfelder und deren Verteilung bewirkt wird, kann die Wirkung der molekularen Festigkeit nicht aufwiegen.

Diese Linie ist der Beweis. Die BASIS wurde mit einem Diskonnekt-Feld geflutet. Alle molekularen Verbindungen der einzelnen Segmente oder Fragmente untereinander sind aufgelöst. Daher auch der Druck- und Atemluftverlust in der Medostation acht und hier an der offenen Naht. Es bleibt nicht aus, daß in den äußersten Bereichen des Schiffes undichte Stellen entstehen."

„Dann nichts wie weg hier, Jeffrey!" rief Anthea aus. „Die BASIS ist in Gefahr!"

„Lakoitse an Zentrale!" Der Endophysiker aktivierte das Funkgerät des SERUNS. „Waylon Javier, bitte melden!"

Er versuchte es mehrmals ohne Erfolg.

„Hamiller kennt unseren Aufenthaltsort und schirmt uns ab. Wir müssen es zu Fuß versuchen!" sagte er.

Hastig machten sie sich an den Abstieg. Diesmal verzichteten sie auf übertriebene Heimlichtuerei und benutzten die nächsten Ausstiegsluken aus dem Zwischenbereich. Sie aktivierten die Flugaggregate ihrer Anzüge und rasten durch die leergefegten Gänge. Noch immer kam keine Funkverbindung zustande. Hamiller verhinderte es.

Das Beben und Schütteln in der BASIS nahm lebensbedrohende Formen an. Die beiden Menschen wußten, daß es jetzt um Sekunden ging.

Sie warfen sich durch die Tür in die Hauptleitzentrale und öffneten gleichzeitig den Mund.

„Die molekulare Verbindung der Segmente ist zerstört!“ schrien sie.

Javier nickte ernst und deutete auf den Hauptschirm.

„Ich habe an so etwas gedacht“, erwiderte er. „Aber es ist zu spät zum Eingreifen. Könnten wir überhaupt eingreifen?“ Er wandte sich in Richtung der Kontrollen. „An alle! Wir müssen mit dem Schlimmsten rechnen. SERUNS schließen und Individualschirme aktivieren! Interne Prallfelder aufbauen!“

Anthea stieß einen lauten Schrei aus und deutete auf den symbolischen Ring auf dem Bildschirm. Sie erkannte, was bevorstand.

„Noch siebzig Sekunden!“ meldete Hamiller. „Achtung, hier spricht Hamiller. Noch fünfundsechzig Sekunden bis zum Eintritt. Ich führe ein Metagrav-Manöver durch. Noch sechzig Sekunden!“

Waylon registrierte mit ein wenig Erleichterung, daß sie wenigstens den Fängen des Epizentrums entkommen würden. Sie würden den Bebenherd hinter sich zurücklassen. Noch aber bedrohte er das Schiff, und das Kreischen in der BASIS nahm zu und steigerte sich allmählich zu einem ohrenbetäubenden Schrillen und Rasseln. Nichts in dem riesigen Schiff blieb ruhig, und die Andrucksabsorber weigerten sich, noch mehr Leistung abzugeben, als sie es sowieso schon taten. Sämtliche Meiler der internen Energieversorgung waren überlastet und standen neunzig Sekunden vor dem Ausfall.

Hamiller meldete zwanzig Sekunden bis zum Durchflug durch·den Vortex. Dann waren es nur noch zehn Sekunden. Alle hielten den Atem an und warteten auf den Untergang.

Ein Schlag von einer Titanenfaust traf den Koloß von hinten und warf ihn auf den Vortex zu. Es prasselte, als die BASIS das Feld berührte und im Hyperraum verschwand. Im nächsten Augenblick traf ein zweiter Schlag das Schiff, und die Hyperortung meldete, daß die zurückgelegte Entfernung fünfhundert Lichtjahre betrug.

Im Hintergrund der Zentrale brach ein Teil der Decke auf. Aus der darüber liegenden Etage krachten mehrere Sockel mitsamt ihren Aggregaten herunter und schlugen in den Boden ein. Die Energieleitungen zerrissen, und Kaskaden von Funken sprühten nach allen Seiten, obwohl die Sicherheitsautomatik den Energiefluß längst unterbrochen hatte. Es begann nach verglühtem Ultraplast zu stinken, und aus einer Nebenkammer schwebten mehrere Roboter herein und hüllten die Unfallstelle in einen Schaummantel, der den Gestank neutralisierte und verhinderte, daß die Geräte weitere Schäden verursachten.

Waylon Javier und die übrigen Anwesenden starrten durch den Sicherheitsschirm, der sich sofort zwischen ihnen und der Gefahrenstelle aufgebaut hatte.

„Kein Grund zur Sorge“, meldete sich Hamiller erneut. „Ich habe die Lage unter Kontrolle. Überall sind Roboter unterwegs.“

Der Kommandant hörte nur mit halbem Ohr hin und lauschte den Worten Lakoitses und der Tefroderin.

„Ich warte noch auf den Bericht der Wissenschaftler bezüglich der Auswirkungen der Strukturverdrängungen und Beben auf Hamiller“, sagte er anschließend. „Hat er etwas von der psionischen Eruption abbekommen, unter der vor allem die Besatzung der LUCIUS GRAY litt?“ Er wandte sich zu Sandra Bougeaklis um. „Weißt du Näheres darüber?“

Die Stellvertretende Kommandantin schüttelte stumm den Kopf. Sie senkte den Blick und schaute in eine andere Richtung. Anthea wußte dieses Verhalten gut zu deuten und lächelte kaum merklich.

Aus verschiedenen Sektionen des Schiffsgiganten trafen Schadensmeldungen ein. Jede wurde von Hamiller mit dem Hinweis kommentiert, daß bereits Reparatureinheiten unterwegs waren.

Die BASIS kam langsam zur Ruhe. Antriebslos und mit sechzig Prozent Lichtgeschwindigkeit glitt das Schiff durch die Weiten des Alls. Hamiller hatte es parallel zum Strangeness-Wall in einen Bereich geführt, in dem es nach seinen Aussagen ruhig bleiben würde. Eine absolute Sicherheit gab es jedoch nicht. Die Erscheinungen konnten überall auftreten, und sie nahmen von Mal zu Mal in ihrer Intensität und Gewalt zu.

„Hamiller“, sagte Javier. „Wir bleiben in diesem Bereich. Wir fliegen auf keinen Fall weiter.“

„Das ist meine Meinung, Sir. Ich drehe die BASIS und bremse sie langsam ab. Der Vorgang wird so sanft ablaufen, daß es keine Schäden oder andere Beeinträchtigungen geben wird. Niemand wird etwas davon merken. Übrigens habe ich den Schirm um mich herum wieder abgeschaltet.“

Javier schloß die Augen und dachte angestrengt nach.

„Ja“, sagte er dann. „Du bist in Sicherheit. Du brauchst keine Angst mehr zu haben, Hamiller!“

Die syntronische Tube gab keine Antwort. Im Normalfall hätte sie auf eine solche Bemerkung sofort widersprochen.

Anthea zog Jeffrey in Richtung Ausgang.

Sie wollte Marna und Bodo Upmark aufsuchen und sich vergewissern, daß es den Freunden und dem Kleinen gutging.

5. *Erneute Anzeichen*

„Spielen wir das Gucky-Spiel!“ krähte Lubjo und blickte den Winzling herausfordernd an. „Hast du mich verstanden? Ich will das Gucky-Spiel spielen!“

Der Mikroroboter rotierte auf seinen vier Kugeln und gab ein unverständliches Summen von sich. Er war kaum zwanzig Zentimeter hoch und bestand aus tiefschwarzem Knautschplast. Er ließ sich drücken und biegen, und wenn man ihn zurück auf den Boden stellte, sagte er „Dankeschön“. Daneben besaß das syntronische Mikrogebilde von Siga noch ein paar Eigenschaften, die es zu einem hochwertigen Spielzeug machten. Der Roboter vom Typ Multijoin verfügte über eine Anzahl von Projektoren, und er besaß die Fähigkeit, das Gucky-Spiel zu spielen. Es gehörte zu den Spielen, die die Kinder am liebsten mochten.

Der Multijoin war ein Lernspielzeug. Je älter ein Kind wurde, desto mehr konnte es mit dem Mikroroboter anfangen. Es probierte aus Neugier viele Dinge aus. Manchmal reagierte der Roboter mit Apathie oder gar nicht. Manchmal jedoch tat er, wozu er aufgefordert wurde.

Lubjos Multijoin hörte auf den Namen Raggle.

„Los, du faules Blech!“ forderte der Achtjährige das Ding auf. „Sonst tust du es doch auch.“

Diesmal ließ sich Raggle nicht von dem Wunsch des Kindes beeindrucken. Er summte lauter und ließ die roten Augenlinsen blinken.

„Ich erzähle dir eine Geschichte“, schnarrte Raggle. Lubjo fuhr mit einem Aufschrei zurück. Er warf einen ängstlichen Blick auf das Ding. Er benötigte eine Weile, um sich von der Überraschung zu erholen.

„Du sprichst ja", stellte er fest, und in seiner Stimme schwang ein wenig Beleidigtsein mit. „Wieso hast du mir's noch nie gesagt?"

„Ich bin ein Lernspielzeug", flötete das Ding. Seine Augen hörten auf zu blinken, und Lubjo fand, daß sie heller strahlten als gewöhnlich.

„Was ist das für eine Geschichte, Raggle?"

„Es ist ein Traum. Sage mir, was du alles kennst, und ich werde dir dann berichten, was es außerdem noch gibt."

„Ich kenne Laubenhain und viele andere Wohnbereiche meiner Heimat", antwortete der Junge. „Mama und Papa haben mich auch schon in technische Sektionen mitgenommen. Dort gefiel es mir nicht. Ich mußte stillsitzen und durfte nichts anfassen. Einmal haben wir mit einem Schlitten eine Rundfahrt um die BASIS gemacht. Sie ist so riesengroß. Man kann es sich gar nicht vorstellen. Hast du jemals ihren Triebwerksteil gesehen? Und den ungeheuren Kasten vorne, in dem sich die Hauptleitzentrale befindet? Du hast etwas von einem Traum gesagt. Ich träume, daß ich einmal in einem Raumanzug eine Wanderung auf der Oberfläche der Heimat machen werde. Ja, das ist ein schöner Taum."

„Das ist wahr", gab Raggle zu. „Aber es gibt noch viel schönere Träume. Man kann im Weltall ganz weit reisen. Man kann viele Sterneninseln besuchen und die Sterne und Planeten anschauen. Man kann sie kennenlernen, und wenn auf ihnen Intelligenzwesen leben, kann man Kontakt zu diesen suchen. Es gibt dort draußen so viel zu sehen und zu lernen. Ich bin dagegen nur ein Winzling."

„Au ja, ich will auch einmal eine so weite Reise machen. Aber ich bin noch zu jung dazu. Vielleicht später, wenn meine Eltern es mir erlauben. Bestimmt fliegen sie dann mit, denn allein macht es keinen Spaß. Dich nehme ich natürlich auch mit."

„Danke schön!" Raggle gab ein leises Zwitschern von sich. „Höre, Lubjo! Diese Reise, sie kann vielleicht schneller kommen, als du denkst. Wenn du die Möglichkeit hättest, du und deine Eltern, würdest du sie denn mitmachen?"

„Ja, natürlich. Sehr gern." Der Junge strahlte über das ganze Gesicht.

„Du müßtest damit rechnen, draußen im All vielen Fremden zu begegnen, solchen, wie sie in den Medostationen der BASIS liegen."

„Ich habe nichts gegen sie. Sie sind zwar häßlich, aber sie sind krank. Wir helfen ihnen, damit sie wieder gesund werden."

„Auf fremden Welten wären die Bewohner nicht begeistert, wenn Fremde sich für immer niederließen. Und so soll es auch hier sein. Sobald die Möglichkeit besteht, daß die Kranken gesund werden, können sie wieder gehen."

„Natürlich, Raggle. Warum sollten sie auch für immer hierbleiben wollen? Sie kehren bestimmt gern zu ihren Familien zurück."

„Du hast also nichts dagegen, wenn sie uns wieder verlassen?"

„Nein, warum sollte ich?"

„Ich wollte es nur aus deinem Mund hören. Weißt du, so eine weite Reise will gut vorbereitet sein. Ein Schiff muß zur Verfügung stehen. Es müssen viele Leute mitfliegen. Wegen einer einzigen Familie geht das nicht. Es wäre zu teuer und zu aufwendig."

„Ich werde alle meine Freunde fragen."

„Tu das! Vielleicht erfüllt sich dein Tr . . ."

Der Mikroroboter brach unvermittelt ab. Ein Pfeifen kam aus seinem Innern. Es erinnerte den Jungen an das, was er hatte spielen wollen. Er breitete die Arme aus, als wolle er fliegen. Gleichzeitig spürte er, wie er leichter und leichter wurde. Er verlor den Boden unter den Füßen und schwebte empor zur Decke. Er umkreiste die mittlere der Beleuchtungseinheiten und quietschte vor Vergnügen. Und er erkannte die beiden Gestalten, die unbemerkt von ihm eingetreten waren und auf ihn zuhielten."

„Jeffrey, Anthea!" lachte er. „Raggle und ich spielen!"

„Wir sehen es. Es macht dir großen Spaß. Du bist allein hier. Sind deine Eltern nicht da, Lubjo?"

„Sie sind im Wohnzimmer", krähte der Junge. „He, laß mich runter! Wir spielen ein andermal weiter!"

Er umkreiste erneut die Lampe und sank immer tiefer, bis er auf die Füße zu stehen kam. Raggles Summen verstummte, und Lubjo hob den Roboter auf und drückte ihn an seine Brust.

„Stellt euch vor, er kann reden!" strahlte der Junge.

„Unsinn!" Jeffrey schüttelte den Kopf. „Wie kommst du darauf?"

„Raggle hat sich mit mir unterhalten."

Jetzt lachte auch Anthea und strich ihm mit der Hand über die Haare.

„Diese Dinger können nur bestimmte Funktionen ausführen", sagte sie. „Das Sprechen gehört nicht dazu. Du hast geträumt und Selbstgespräche geführt!"

„Nein!" Der Junge fuhr zornig auf. „Du spinnst. Er kann wirklich reden." Er hielt den Roboter vor sich und musterte ihn intensiv. „Zeige es ihnen! Sprich mit ihnen!"

Aber Raggle schwieg.

Sie verließen das etwa dreißig Quadratmeter große Spielzimmer. Im Eßzimmer arbeiteten Roboter an der Beseitigung von Wandschäden, und in der Küche baute eine Kolonne von Urumots den Warenprogrammer aus und einen neuen ein. Die Urumots erreichten einen

Durchmesser von bis zu einem Meter, bestanden aus einem Bündel feiner und feinster Tentakel, besaßen so gut wie keinen Rumpf und projizierten ihre Optikfelder selbst. Sie arbeiteten beinahe lautlos, und wer sie nicht rechtzeitig erblickte, konnte ganz schön erschrecken.

Weiter hinten im Wohnzimmer waren die Stimmen der Eltern zu hören.

„Ich bleibe hier", sage Lubjo. „Ich will den Tentakeln zusehen."

Laubenhain lag in der Mitte der BASIS in der Nähe der Zentralschächte. Der Sektor trug die Bezeichnung 412 Gamma Arktur 78. Gemessen an der Oberfläche des Schiffes waren Schwerkraftebene und Architektur von Laubenhain um neunzig Grad gegen sie gekippt. Die Decken der einzelnen Etagen wiesen in die Richtung des Bugs, die Fußböden zum Heck. Gleichzeitig war der Sektor um etwa zehn Grad nach links geneigt. Unter normalen Schwerkraftverhältnissen wäre in den Räumen alles auf die linke Seite gerutscht.

Laubenhain besaß eine Gesamtlänge von rund vierhundert, eine Breite von achtzig bis hundertzwanzig und eine Höhe von siebzig Metern. Die unterste Etage bildete eine regelrechte Straße mit Läden, Kaufhäusern, Restaurants, Cafés, Schwimmbädern und anderen Sporteinrichtungen. Laubenhain besaß ein eigenes Bürgerhaus und einen gewählten Sprecher, der manchmal scherzhaft als Bürgermeister bezeichnet wurde. Überall an der langen Straße und in den Stockwerken darüber wuchsen Bäume und andere Pflanzen. Es handelte sich überwiegend um irdische Gewächse, doch gab es auch Gewächse von anderen Planeten, die auf genetischem Weg den Anforderungen des Wohnsektors angepaßt waren, was bedeutete: nicht breiter und ausladender als fünf Meter und möglichst nicht fleischfressend. In ein paar seltenen

Fällen war es gelungen, die Pflanzen so zu züchten, daß sie sich statt mit Insekten und Mäusen mit einem stark eiweißhaltigen und eingedickten Brei begnügten. Mit solchen Methoden und der Kunst der Gartenarchitekten hatten die Galaktiker in Laubenhain eine regelrechte Grünzone geschaffen.

Jetzt war diese Grünzone teilweise beschädigt oder zerstört. Wertvolle Pflanzen waren vernichtet, die in langwierigen Prozessen in den Labors erst nachgezüchtet werden mußten. Überall arbeiteten Roboter, Ingenieure und Techniker an der Wiederherstellung des ursprünglichen Zustands. Hamiller hatte verkündet, daß die Schäden schnell beseitigt würden, und er hatte recht behalten. Große und bedeutende Schäden hatte es nirgendwo in dem Schiffsgiganten gegeben, und Besatzungsmitglieder waren keine verletzt worden.

Dennoch hatte es den Anschein, daß die Arbeiten gerade in den Wohnsektoren nur schleppend vorankamen. Immer wieder unterbrachen die Roboter ihre Arbeiten und zogen ab, einem neuen Ziel entgegen. Die Männer und Frauen, die mit ihnen zusammenarbeiteten, blickten ihnen jedesmal kopfschüttelnd nach.

Anfragen bei den Syntrons bis hin zu Hamiller ergaben keine eindeutigen Verdachtsmomente, daß hier bewußt boykottiert wurde. Aber die Bewohner des Schiffes spürten, daß die Vorgänge nicht in den gewohnten Bahnen verliefen. Und alles, was unnormal funktionierte, wurde erst einmal als Bedrohung empfunden. Hamillers merkwürdiges Verhalten im Zusammenhang mit der Flucht hatte sich herumgesprochen, und jetzt, da die BASIS längst an ihrer neuen Position zur Ruhe gekommen war und ihre Fahrt vollständig aufgehoben hatte, erfuhr auch der letzte über die Rundrufanlage, daß das Schiff gar nicht mehr flugfähig war.

Die Unruhe steigerte sich noch, die über zwölftausend

Besatzungsmitglieder machten der Schiffsführung das Leben schwer und wollten nicht begreifen, daß diese es nicht verhindert hatte. Javier redete sich den Mund fusselig, aber es half wenig. Er benötigte Stunden, bis auch der letzte verstand, daß es allein an Hamiller lag.

Und Hamiller hüllte sich in Schweigen. Er reagierte auch nicht, als Anthea vom Interkomanschluß Marnas und Bodos aus mit ihm in Verbindung treten wollte. Die vier Erwachsenen versuchten es abwechselnd, ohne einen Erfolg zu verzeichnen. Schließlich gaben sie es auf.

„Er ist krank, das steht für mich eindeutig fest“, bestätigte Marna Upmark. Sie war kleiner als Anthea und ein wenig pummelig. Ihr hellhäutiges Gesicht besaß einen leicht negroiden Einschlag, und Bodo gehörte zu jenen rothaarigen Nordländern mit Sommersprossen, die sich nicht einmal in ein Solarium trauten.

„Die psionischen Eruptionen werden es sein“, fügte Bodo hinzu. Er fuhr mit den Fingerspitzen über einen Teil der Tischplatte, und im nächsten Augenblick tauchte aus dem Nichts ein neuer Nightingale auf. Er griff nach dem kühlen Glas und schob es Jeffrey entgegen. Die gelbe Flüssigkeit pulsierte heftig.

„Nein!“ Lakoitse griff nach dem Glas und nahm einen winzigen Schluck. Er ließ die Flüssigkeit auf den Lippen perlen, und die Perlen zerflossen und verströmten einen berauschenden Duft. „Es sind nicht die Eruptionen. Frage mich nicht, woran es liegt. Aber ich habe etwas beobachtet und versuche, eins und eins zusammenzuzählen.“

„Sage es uns!“ forderte Marna ihn auf.

„Später.“ Jeff warf Anthea einen Seitenblick zu. „Wir haben noch zu tun. Wir wollen vor allem den Termin nicht versäumen. Waylon hat ein Gespräch mit Hamiller anberaumt. Jeder, der Interesse hat und in den Raum hineinpaßt, kann es mitverfolgen. Es findet in knapp zwei

Stunden statt. Ich rechne damit, daß das Gedränge entsprechend groß sein wird."

Die beiden erhoben sich.

„Wir sehen uns morgen wieder beim Schwimmen", sagte Anthea. Marna und Bodo nickten.

„Wir bringen Lubjo mit. Okay? Er hat Erholungszeit und kommt kaum mit seinen Freunden und Kameraden zusammen."

„Ist gut." Anthea lächelte. „Wir werden uns um ihn kümmern."

Sie verließen die Wohnung und machten sich auf den Weg. Zu Fuß schritten sie bis zum Rand von Laubenhain und durchquerten die Gravoschleuse zu dem um siebzig Grad verlagerten Nachbarsektor. Sie gelangten an einen Korridorbahnhof, wo insgesamt neun Korridore zusammenliefen. Sie strebten auf den Durchgang zum Antigravschacht zu.

Jeffrey blieb mitten im Schritt stehen. Seine Stirn legte sich in Runzeln, und er faßte Anthea an der Hand und zog sie in die Mitte des Knotenpunkts zurück.

„Ein solcher Zufall ist schon wieder verdächtig", stellte er fest.

In jedem Korridor war ein Roboter postiert. In der Ferne erkannten sie weitere Maschinen, die reglos auf etwas zu warten schienen.

Einer der Roboter setzte sich in Bewegung und kam auf sie zu. Er gehörte zu den absolut humanoiden Baureihen und verzichtete auf die Benutzung seines Antigravs. Auf seinen Röhrenbeinen stampfte er heran.

„Wie geht es euch, Anthea und Jeffrey?" erkundigte er sich. „Geht es euch gut? Kann ich etwas für euch tun?"

„Danke der Nachfrage. Wir sind zufrieden und glücklich. Es fehlt uns nichts, und wir fühlen uns wohl."

„Dann ist es gut. Aber habt ihr keine Wünsche, die ich oder das Schiff euch erfüllen können?"

„Nein. Wir sind wunschlos glücklich!“

„Vielleicht eine gründliche Untersuchung?“

„Die haben wir erst vor vier Monaten mitgemacht. Es ist nicht nötig.“

„Dann laßt mich euch sagen, wie aufrichtig es mir leid tut, daß ich nichts für euch tun kann. Wenn euch doch noch etwas einfällt, dann teilt es einem meiner Kollegen mit. Jeder Wunsch wird euch erfüllt!“

Der Roboter machte kehrt und stampfte zu seinem Platz zurück.

„Komm!“ Jeffrey zog Anthea mit sich zum Antigrav. Sie suchten ihren eigenen Wohnbereich auf, und als Jeff alle Kommunikationssysteme abgeschaltet und sich mit einem bleistiftgroßen Prüfgerät vergewissert hatte, daß sich keine Minispione oder Wanzen in der Wohnungseinheit befanden, machten sie es sich gemütlich.

„Es gibt Anzeichen für etwas Schreckliches“, flüsterte er ihr ins Ohr. „Wir müssen auf alles achten. Keine Kleinigkeit darf außer acht gelassen werden. Ich glaube nicht an eine Störung Hamillers. Mir geht das unsichtbare Schiff über der BASIS nicht aus dem Sinn. Glaube mir, es wäre besser, wir würden die BASIS verlassen, solange noch Zeit ist.“

6. *Auf Hamillers Spuren*

Die Wissenschaftler hatten ihre Untersuchungen beendet, das Ergebnis lag vor. Die Katastrophe, die sich für die Lokale Gruppe immer deutlicher anbahnte, ging von DORIFER aus. Das Kosmonukleotid reagierte mit superhochfrequenter, sprich psionischer Strahlung auf das Vorhandensein Hangays und setzte sich mit allen Mitteln gegen den Fremdkörper zur Wehr. Die Katastrophe konnte durchaus dazu führen, daß die gesamte Galaxis

Hangay vernichtet wurde. Die Auswirkungen auf die Lokale Gruppe hielten sich noch in Grenzen, aber auch sie würden immer weiter ansteigen bis zu einem Höhepunkt, den sich niemand an Bord der BASIS ausmalen wollte.

Die psionischen Eruptionen DORIFERS zeichneten dafür verantwortlich, daß die Hauri keine Immunität mehr gegenüber der unterschiedlichen Strangeness besaßen.

Und noch etwas anderes ließ sich ablesen: DORIFER nagte und bohrte an dem Wall und flutete Hangay regelrecht. Im hyperphysikalischen Bereich erweckte es den Anschein, als erlitte das Kosmonukleotid einen regelrechten Kollaps, als flösse seine ganze Kraft in die fremde Galaxis hinein. Aus der Wirkung auf die undurchdringliche Mauer ließ sich erkennen, daß Hangay seine eigene Strangeness innerhalb kurzer Zeit, vielleicht zwei bis drei Jahrzehnten, völlig verlieren würde, falls die Galaxis bis dahin noch existierte. Welche Auswirkungen das auf die Völker der Sterneninsel haben könnte, war unklar.

Erschreckend für die Galaktiker war die Erkenntnis, daß die Einwirkungen auf die Galaxien der Lokalen Gruppe ständig anwachsen und irgendwann auch da zu großen, interstellaren Katastrophen führen würden; vielleicht in einem Monat, vielleicht erst in einem oder mehreren Jahren.

Javier schickte einen Schweren Kreuzer in die Milchstraße. Er verzichtete darauf, einen Funkspruch abzusetzen. Er wollte Gewißheit, daß die Ergebnisse der BASIS auf Terra ankamen. Eine Gruppe von Wissenschaftlern machte sich auf den Weg. Javier rechnete damit, daß sie etwa nach Monatsfrist zurückkehren würde. Er rechnete nicht damit, daß dieses Schiff die Milchstraße nie erreichen würde.

Pünktlich zum vereinbarten Zeitpunkt suchte der Kommandant den Raum mit der Tube auf. Die gesamte Schiffsführung begleitete ihn, selbst Hereth ten Var hatte seine Labors verlassen und sich herbeibemüht. Gut an die hundert Männer und Frauen der Besatzung drängten sich in dem kleinen Raum, als Waylon Javier seine Identifizierung beantragte. Jetzt konnte Hamiller nicht anders, er mußte antworten.

„Guten Tag, Sir! Sie sind Waylon Javier, der Kommandant dieses Schiffes“, meldete die Tube sich. „Auch die übrigen Anwesenden sind mir bekannt. Ich begrüße sie.“

„Gut, Hamiller. Aber damit ist es nicht getan. Wir wollen von dir wissen, was die von dir getroffenen Maßnahmen zu bedeuten haben.“

„Es hat überhaupt nichts zu bedeuten, meine Damen und Herren. Ich kann Sie beruhigen. Der irrtümliche Einsatz des Diskonnekt-Feldes beruhte auf einem von mir nicht kontrollierbaren Einfluß von außen. Es ist mir nicht möglich, die Wirkung der fremden Energien an jeder einzelnen Stelle nachzuprüfen. Sie können mir aber glauben, daß es nur ein kurzfristiger Einfluß war. Er ist vorüber. Ich habe alles unter Kontrolle.“

„Hamiller, niemand hier glaubt dir. Diese Erklärung ist zu einfach, um wahr zu sein. Die BASIS befindet sich seit dreißig Stunden an ihrer neuen Position. Eine erneute Entdeckung durch Gegner wie die Hauri ist nicht ausgeschlossen. Die Segmente der BASIS sind noch immer getrennt. Wann flutest du das Schiff mit dem Interkonnekt-Feld, um die Flugfähigkeit wiederherzustellen?“

„Dies wird bald geschehen. Bitte geben Sie mir noch vierundzwanzig Stunden Zeit!“

„Mit welcher Begründung?“

„So lange brauche ich, um die Anlagen für den Vorgang vorzubereiten.“

Javier schwieg. In diesen technischen Details, die nur von Hamiller gesteuert werden konnten, kannte er sich zu wenig aus. Bisher war die BASIS erst einmal mit dem Interkonnekt-Feld geflutet worden, und das war zu Beginn ihrer Existenz geschehen.

„Der Vorgang der Flutung mit einem der beiden Felder kann nur von dir kontrolliert werden, Hamiller!" Das war Leo Dürk. „Wenn es zu einem versehentlichen Einsatz kam, dann war er auf eine fehlerhafte Leistung von dir zurückzuführen. Da du mehrmals versichert hast, daß alles in Ordnung sei einschließlich deiner Existenz, hast du die Unwahrheit gesagt."

„Ich kann mich nicht daran erinnern, jemals die Unwahrheit gesagt zu haben. Mr. Javier, bitte bestätigen Sie Mr. Dürk, daß ich nicht gegen die Interessen der Menschheit handeln kann. Es ist völlig ausgeschlossen."

„Ich kann nur bestätigen, daß du es bisher nicht getan hast, Hamiller. Wer auch immer in deinem Kasten steckt, selbst wenn es das Gehirn Payne Hamillers ist, kann es jedoch nicht unfehlbar sein. Wir müssen uns damit abfinden, daß du gestört bist!"

„Ich versichere Ihnen, daß es nicht der Fall ist!"

„Beweise es!"

Jeffrey Lakoitse schob sich in den Vordergrund.

„Hamiller sagt vermutlich die Wahrheit. Er ist nicht schuld an der Misere", verkündete er. „Es dauert vielleicht nicht mehr lange, und ich kann den Beweis antreten."

Leo Dürk zog die Augenbrauen hoch.

„So? Da bin ich aber gespannt, was ein Endophysiker dazu . . . hm, eigentlich könnte ein Endophysiker es am ehesten herausbekommen. Was meinst du, Waylon?"

„Ich bin sicher, daß Jeffrey genau weiß, was er sagt. Schließlich war er es, der die Sache mit dem Diskonnekt-Feld herausgefunden hat." Er wandte sich an Hamiller.

„Ich werde dir ein Ultimatum stellen. Bist du bereit, es zu akzeptieren?"

„Ja, Sir!"

„Gut. Du bekommst vierundzwanzig Stunden Zeit. Danach befindet sich das Schiff wieder in seinem ursprünglichen Zustand, verstehst du? Ferner wirst du dich damit abfinden müssen, daß wir dir die Kontrolle über die Hangars und alle Schiffe entziehen."

„Sie vertrauen mir nicht mehr!"

„Das ist richtig."

„Einverstanden, Sir. Ich wollte ohnehin vorschlagen, daß Sie die Kontrolle über die Hangars und Schiffe übernehmen."

In Waylon Javier begannen sämtliche Alarmglocken zu schlagen. Er richtete sich auf die Zehenspitzen auf und machte ein Gesicht, als wolle er den silbernen Kasten mit den Augen durchbohren.

„Warum wolltest du das?"

„Um Ihnen zu zeigen, daß Ihr Mißtrauen ungerechtfertigt ist. Im übrigen denke ich, daß das Gspräch beendet ist!"

Javier gab keine Antwort. Er wandte sich um und verließ den Raum. Die übrigen Besatzungsmitglieder folgten ihm. Sie suchten die Zentrale nebenan auf oder kehrten in die verschiedenen Abteilungen des Schiffes zurück.

Javier selbst schritt zu einem der Korridore, die zu den Bugschleusen führten. Er machte dem Mann von Pinterville und der Tefroderin heimlich Zeichen. Sie folgten ihm, und er führte sie in eine Kammer, wo sie mit ziemlicher Sicherheit unbelauscht waren.

„Ich glaube jetzt, daß du völlig recht hast, Jeff", sagte der Kommandant. „Deine Beobachtung draußen war kein Hirngespinst. Aber wir haben keine Beweise. Wir können Hamiller nicht überführen und ihn so zwingen, endlich die gesamte Wahrheit zu sagen. Und wir haben nur vierundzwanzig Stunden Zeit, um es zu tun. Danach ist es zu spät."

Anthea und ihr Lebensgefährte rätselten, worauf er hinauswollte.

„Zwei Aussagen sind für mich wichtig", fuhr Waylon Javier fort. „Die eine ist die, daß Hamiller nie etwas unternehmen würde, was zum Nachteil oder Schaden der Menschheit ist. Er hat sie zweimal gemacht. Die zweite wichtige Aussage ist die, daß er überraschend schnell auf die Frist von vierundzwanzig Stunden eingegangen ist. Was das bedeutet, weiß ich nicht. Wir müssen es jedoch herausfinden, bevor die Frist abgelaufen ist!"

„Wir helfen dir!" versprachen Anthea und Jeffrey gleichzeitig.

„Ich brauche die Hilfe aller. Wir müssen einfach dahinterkommen. Noch halte ich es für eine vorübergehende Beeinträchtigung Hamillers. Es bleibt uns nichts anderes übrig, als alles in unserer Kraft Stehende zu tun, um dafür zu sorgen, daß Hamillers Zustand nicht zu einem Dauerzustand wird! Es ist ein Puzzle, und wir müssen die Teile zusammensuchen! Wieso hat NATHAN ihm den Befehl gegeben, an der Position X-DOOR auszuharren, und jetzt tut er, als sei das nicht mehr wichtig?"

„Vielleicht ist es nicht mehr wichtig", überlegte die Tefroderin. „Gib uns Zeit. Wir werden es in Erfahrung bringen!"

„Vierundzwanzig Stunden!" sagte Javier. „Keine Sekunde mehr!"

Deneide Horwikow hatte keine Mühe, sich bemerkbar zu machen. Die gertenschlanke Frau maß 2,01 und war der Traum aller Männer an Bord, die jedoch leider meist viel zu klein waren. Die Astrogatorin, Navigatorin und

Cheffunkerin der BASIS hatte sich vorgenommen, ein waches Auge auf den Funkverkehr innerhalb der BASIS zu richten. Dabei interessierte sie sich weniger für Gespräche der Besatzungsmitglieder als für die Funkbefehle, die von den Syntrons ausgingen und ihren Ursprung oft genug in Hamiller hatten. Die Tube nahm die Funktion eines Koordinators aller untergeordneten Syntrons wahr. Sie konnte kraft der von ihr selbständig geschaffenen Weisungsbefugnis in jedes System lenkend eingreifen und eigenständige Entscheidungen treffen, ohne die Verantwortlichen vorher zu fragen oder zu informieren.

In einem Bereich jedoch konnte die Tube nichts mehr ausrichten. Javier hatte alle Syntrons, die mit der Flugsteuerung des Schiffes zu tun hatten, abgekoppelt, und Hamiller hatte es ohne Protest hingenommen.

Das war die Spur, die die große Frau mit den langen rötlichen Haaren und dem feingeschnittenen Gesicht verfolgte.

Mit Hilfe eines tragbaren Selektors beobachtete und notierte sie den Funkverkehr. Sie suchte mehrere Sektionen des Schiffes auf und nahm Peilungen vor. Natürlich erkannte Hamiller die Impulse des Geräts und wußte, daß aufgezeichnet wurde. Vielleicht konnte er sich sogar denken, was sie mit ihrer Untersuchung bezweckte. Er ließ sie jedoch gewähren. Zumindest hatte sie diesen Eindruck.

Eines ließ sich schnell erkennen: Hamiller entfaltete überall in den technischen Sektionen eine ungeahnte Aktivität. Maschinen wurden neu programmiert, andere wieder stillgelegt. Roboterkolonnen waren unterwegs, nahmen neue Installationen vor und bauten andere ab. Die Lager füllten sich mit Geräten, die bisher zur Versorgung der Bewohner des Giganten gedient hatten. Innerhalb weniger Stunden veränderte sich das Aussehen der technischen Sektionen in wichtigen Bereichen. Alles, was irgendwie von Bedeutung war, wurde verändert oder verschwand in Räumen, wo es gut aufgehoben war, aber niemandem mehr nützte.

Deneide erreichte eine der Versorgungssektionen und öffnete einen Nebeneingang. Sie blinzelte, weil sie vor lauter Robotern die Einrichtung der Halle nicht mehr sah. Die Maschinen arbeiteten im Akkordtempo, so schnell ihre Konstruktion es zuließ. Sie beachteten die Terranerin nicht, aber ein Signal wies darauf hin, daß sie sich in einem Bereich befand, in dem sie störte. Ein kaum erkennbares Flimmern lag übergangslos zwischen ihr und den Maschinen, und sie wich zwei Schritte zurück.

Die Roboter bauten die Versorgungsanlagen ab. Die Cheffunkerin erkannte Behälter, in denen Proteine für Gemüse gezüchtet worden waren. Die durchsichtigen Tanks waren geleert und gereinigt worden. Jetzt lösten die Roboter sie aus den Anlagen und verfrachteten sie durch die Öffnung in der Decke in eine höher gelegene Etage, wo sie sie abstellten. Deneide machte sich auf dorthin und fand eine Schleuse, die tatsächlich funktionierte und sie einließ. Sie betrachtete verwundert die langen Reihen der Behälter, die in extra für sie geschaffenen Halterungen befestigt wurden. Es dauerte keine Viertelstunde, da war auch die letzte Halterung besetzt. Das herausgeschnittene Teil des Fußbodens kam herbeigeflogen, und die Roboter plazierten es in der Lücke. Ein Schweißautomat sorgte dafür, daß das Gebilde mit einem Durchmesser von gut sechzig Metern innerhalb kurzer Zeit mit seiner Umgebung verschweißt wurde. Energiefelder sorgten dafür, daß sich keine Wülste bildeten. Deneide entdeckte die typischen Impulse eines Molekularformers, der den letzten „Schliff“ ausführte und dafür sorgte, daß es nicht einmal mehr im molekularen Bereich feststellbar war, daß sich hier eine Öffnung befunden hatte.

„Achtung, hier spricht die übergeordnete Steuereinheit“, klang es aus einem Akustikfeld über Deneide. „Alle Lebewesen haben sofort den Raum zu verlassen!“

Sie wich zurück auf den Korridor und machte den Maschinen Platz, die die Halle ebenfalls verließen. Sie bauten in Windeseile die Gleittüren aus und paßten exakt vorgemessene Metallstücke ein, die sie ebenso verschweißten wie die Lücke im Boden.

„Anlage desaktiviert. Es wird weiter auf diese Weise verfahren“, verkündete die Automatenstimme.

„Was geht hier eigentlich vor?“ rief Deneide aus. „Ich verlange eine Erklärung!“

„Anweisung von Hamiller, Deneide!“ fuhr die Stimme fort. „Die Anlage wird eingemottet und unzugänglich gemacht. Sie soll später in einwandfreiem Zustand sein. Es kann nicht lange dauern, bis sie wieder benutzt wird!“

Das war ein Widerspruch, und die Cheffunkerin sagte es geradeheraus.

„Ich bin nicht über die Hintergründe informiert. Ich habe meine Anweisungen von Hamiller erhalten“, gab der Automat zur Antwort.

Sie zuckte mit den Schultern und entfernte sich. Die Männer, Frauen und Kinder, die ihr begegneten, machten einen fröhlichen, unbeschwerten Eindruck. Sie grüßten, und sie grüßte zurück und erkundigte sich nach deren Weg.

„Warst du noch nicht bei der Reihenuntersuchung, zu der wir eingeladen worden sind?“ erhielt sie zur Antwort. Die Kinder kreischten und tobten um sie herum.

„Nein, ich weiß von nichts“, gab sie zu.

„Herth ten Var ist sehr um unsere Gesundheit bemüht, sonst würde er das nicht machen“, sagte eine Frau.

„Bestimmt wirst du in deiner Unterkunft die Einladung vorfinden!"

„Wahrscheinlich!" Sie lächelte und eilte weiter bis zum nächsten Interkom. Sie ließ sich mit dem Chefmediker verbinden, und es gelang ihr sogar, ihn an das Gegengerät zu bekommen.

„Was soll das mit der Reihenuntersuchung, Herth? Weißt du, was du für eine Unruhe in das Schiff bringst?"

„Ich habe die Anweisung nicht erteilt. Hamiller hat es getan, Deneide. Frage bei ihm nach!"

Sie seufzte, nickte und schaltete ab. Eine Befragung Hamillers wollte sie sich für später aufheben. Zunächst einmal wollte sie etwas zu essen zu sich nehmen. Sie suchte die nächstgelegene Messe auf. Bereits unter dem Eingang fiel ihr die fröhliche Stimmung auf, die an den Tischen herrschte. Sie setzte sich zu drei Männern und musterte sie und das, was sie auf ihren Tellern hatten. Sie zuckte mit den Augenlidern. Was sie sah, ließ ihr das Wasser im Mund zusammenlaufen.

„Fürstliche Speisen werden uns beschert", lachten die drei. „Wir wissen alle nicht, wie wir zu diesem Essen kommen. Bestellt haben wir etwas anderes. He, Deneide, vielleicht sind wir geistig ein bißchen beschränkt. Was ist heute für ein Jubiläum? Hat Waylon Geburtstag oder Hamiller? Oder ist die Tarkan-Flotte zurückgekehrt, ohne daß wir es mitbekommen haben?"

Deneide wurde von einem Augenblick auf den anderen schlecht.

„Nein, nein", murmelte sie. „Denkt nicht an so was. In diesen schweren Zeiten gibt es nichts zu feiern. Da muß etwas anderes dahinterstecken. Ich will euch nicht den Appetit verderben, aber schaut euch genau an, was ihr da eßt! Seid ihr sicher, daß es euch bekommt?"

In Gesprächen mit anderen Tischen stellte sich heraus, daß es diese Mahlzeit bereits seit den frühen Morgenstunden gab. Noch keiner hatte sich beklagt, daß ihm nach dem Essen schlechtgeworden sei.

Deneide erhob sich. Ihr war der Appetit vergangen.

„Entschuldigt mich“, sagte sie und stürmte hinaus. Sie suchte die nächste Transmitterstation auf und ließ sich in die Hauptleitzentrale abstrahlen.

Es knisterte, dann jagte eine energetische Entladung nach allen Seiten und brachte die fünf nächsten Roboter zum Stillstand. Die Maschinen orteten, konnten jedoch nichts feststellen. Die anderen, deren Funktion nicht beeinträchtigt war, meldeten den Ausfall an die Leitstelle, Minuten später trafen Kegelroboter mit feinen Tentakeln ein und begannen mit der Reparatur der Maschinen. Sie tasteten die Speicher ab und meldeten das Ergebnis an die Leitstelle. Die vorderste Maschine war mit einem nicht identifizierbaren Gegenstand zusammengestoßen, dessen Energiefeld den Ausfall bewirkt hatte. Innerhalb kurzer Zeit war ihre Funktionsfähigkeit wiederhergestellt, und sie machten sich an die Ausführung ihres Auftrags.

Anthea beobachtete aus ihrem Versteck heraus die weitere Entwicklung. Niemand konnte sie sehen oder orten. Ihr Ortungsschutz war perfekt, und der Deflektor arbeitete zufriedenstellend. Die Roboter hatten sie auf kürzeste Entfernung nicht wahrgenommen. Sie hatte den Zusammenprall vorsätzlich herbeigeführt und wartete nun auf das Ergebnis der Auswertung des Phänomens.

Es kam nicht. Der verantwortliche Syntron hatte pflichtgemäß eine Meldung über ein nicht genau feststellbares Ereignis an Hamiller weitergeleitet, und der bewahrte Stillschweigen darüber.

Genau so wollte die Tefroderin es.

Sie hatte sich von Jeffrey getrennt. Wenn sie an zwei verschiedenen Orten suchten, war es wahrscheinlicher, daß einer von ihnen irgendwann eine brauchbare Beobachtung machte.

Anthea fragte sich, was die Roboter im Ringswulst der BASIS für eine Aufgabe hatten. Sie waren kurz vor ihrem Eintreffen aus einem Transmitter gekommen; sie hatte die Streuimpulse deutlich angemessen. Jetzt beobachtete sie aus luftiger Höhe, was weiter geschah.

Die Arbeitsmaschinen verteilten sich auf einen Bereich des Ringswulsts, der gut sechshundert Meter lang war und wegen der Krümmung nicht völlig eingesehen werden konnte. Der pulsierende Vorhang des Transmitters fiel nicht in sich zusammen. Er spuckte neue Maschinen aus, und bei ihrem Anblick zuckte Anthea unwillkürlich zusammen.

Kampfroboter!

Hamiller schickte fünfzig TARA-Uhs in den Sektor, um die Arbeitsroboter zu schützen und nach dem Eindringling zu suchen.

Was ging vor? Welche Bedeutung besaß denn dieser Sektor?

Entlang der inneren Wandung des Sektors im fünfzehnhundert Meter durchmessenden Ringwulst aktivierten sich weitere Transmitter. In Hundertschaften ließen sie Arbeitsmaschinen herein, die sich über die geamte Halle mit ihrer maximalen Breite von dreihundert Metern verteilten. Anthea konnte den Weg der meisten nicht verfolgen, denn die Halle beinhaltete mehrere Aggregatblöcke und Maschinenkonglomerate, die scheinbar wahllos verstreut und ohne direkten Zusammenhang hier abgestellt worden waren.

Die Tefroderin kannte die Konstruktionen teilweise; es handelte sich um Schirmprojektoren und Energieumformer. Einige der kleinen Spindeln zwischen den Aufbauten wiesen auf Waffensysteme hin.

Und sie fragte sich erneut, was in diesem Teil der BASIS geschah.

Sie war gezwungen, ihre Aufmerksamkeit auf die Kampfmaschinen zu richten, die ebenfalls ausschwärmten. Sie begannen sich gleichmäßig zu verteilen und die riesige Halle nach etwas oder jemandem abzusuchen. Irgendwann würden sie in ihre Nähe kommen. Bis dahin hatte sie noch eine Galgenfrist.

Sie veränderte ihren Standort, verließ das Versteck in der Nische hoch oben über dem Boden und glitt auf dem Antigravpolster ihres SERUNS waagrecht an der Wand entlang in der Richtung, in der sich die Arbeitsroboter bewegten. Noch immer wurde sie nicht geortet, aber es lag wohl vor allem daran, daß ihr keiner der Kampfroboter im Augenblick näher als hundert Meter kam. Ein Teil dieser Maschinen verließ den Boden und schwebte in unterschiedlichen Höhen und mit wechselnden Richtungen davon.

Anthea verzog den Mund.

Hamiller wollte unbedingt wissen, was da los war. Und er schien äußersten Wert auf größte Diskretion zu legen.

Na warte, dachte die Tefroderin. Ich werde dir auf die Schliche kommen. Und dann wird irgendwann der Zeitpunkt kommen, da werden wir dich abschalten, selbst wenn wir dich durch eine Zerstörung der Zentrale von deinen Anschlüssen an das Schiff trennen müssen. Wir werden dich ausbauen und in die nächste Sonne stürzen. Damit dieser Spuk endlich ein Ende hat!

Der SERUN gab ein Alarmsignal auf der Basis minimaler Energie. Ein Taststrahl hatte sie getroffen und ein winziges Echo im Deflektorschirm erzeugt. Einer der Kampfroboter war ihr von hinten näher gekommen, als sie erwartet hatte. Sofort wandten sich alle TARA-Uhs in ihre Richtung. Sie ließ sich ein Stück absinken und änderte die Richtung, unterflog den Bereich, in dem die Maschinen zusammentreffen würden. Hinter einem der Aggregatblöcke ging sie in Deckung und wartete auf eine Gelegenheit, sich zur gegenüberliegenden Wand durchzuschlagen.

In hundertdreißig Meter Höhe zogen die Maschinen über ihr entlang. Als sie merkten, daß das Echo nicht mehr auffindbar war, drehten sie ab und schlugen ihren alten Kurs wieder ein.

Anthea wartete eine Weile. Sie kannte die Programme dieser Kampfroboter zu gut, um auf ihre Tricks hereinzufallen. Sie löste sich in dem Augenblick aus der Deckung, als die TARAS wie Raubvögel nach unten stießen und sich über dem Boden verteilten. Ihre Distanz zum Untergrund betrug jetzt nicht mehr als fünf Meter.

Die Tefroderin stieß sich kräftig mit den Füßen ab und segelte schräg nach oben davon, in den Bereich hinein, an dem die Wandung der Halle mit der Deckenwölbung zusammenstieß. Sie bekam ein paar der Verstrebungen zu fassen, die die Wölbung stabilisierten. Von hier oben aus hatte sie eine gute Aussicht über die Hälfte der Halle und konnte einen Teil der Arbeitsroboter beobachten. Inzwischen mochten es dreihundert Stück sein, die durch die Transmitter gekommen waren. Im linken Teil der Halle konzentrierten sie sich zu kleineren Pulks und warteten in der Nähe des großen Tores, dessen Funktion der Tefroderin mehr als schleierhaft war. Noch ehe sie daraufkam, worum es sich handelte, flammte bereits der riesige Bogen auf, und aus dem zum Transmitter gewordenen Torbogen schob sich die Nase eines Raumjägers. Langsam glitt er in die Halle hinein, und die Roboter nahmen ihn in Empfang und vertäuten ihn mit Magnetklammern am Untergrund. Dann schweißten sie ihn fest, entfernten die Klammern und warteten auf das Eintreffen des nächsten.

Anthea war fassungslos. Die Beobachtung, daß Hamiller heimlich einen Teil der Jäger abzog und hier in einer Halle unterbrachte, wo sie nichts zu suchen hatten, raubte ihr beinahe den Verstand. Sie vergaß ihre Vorsicht und löste sich von den Verstrebungen. Gemächlich glitt sie unter der Decke entlang auf das riesige Tor zu und verharrte in unmittelbarer Nähe. Ein Jäger nach dem anderen schob sich herein und wurde von den Arbeitsrobotern in Empfang genommen. Gebannt verfolgte die Tefroderin das Schauspiel, bis sie von ihrem SERUN auf die Gefahr aufmerksam gemacht wurde, in der sie sich befand.

In der Nähe des Transmitters wurde das Deflektorfeld beeinflußt und besaß eine größere Streustrahlung als sonst. Die Kampfroboter waren bereits darauf aufmerksam geworden. Sie näherten sich aus verschiedenen Richtungen, taten aber nicht, als hätten sie ihren Standort bereits lokalisiert.

Anthea machte kehrt und verschwand aus dem Gefahrenbereich. Sie schlug mehrere Haken, blieb mal am Boden liegen oder unter der Decke hängen. Einmal wäre sie beinahe mit einem der TARAS kollidiert, weil dieser unvermutet seine Richtung änderte. Nur zwanzig Meter trennten sie Luftlinie von dem Ungetüm. Sie hatte Glück und verschwand in dem Augenblick hinter einem Maschinenblock, in dem der Roboter seinen Desintegrator auslöste. Der Schuß fuhr dicht an dem Metall vorbei und schlug fünf Meter dahinter in den Fußboden ein, den er auflöste.

Anthea hatte sich längst nach hinten geschnellt und sauste steil nach oben davon. Der TARA verlor sie wieder aus der Ortung, und die Tefroderin erhielt eine Verschnaufpause, um sich zu sammeln.

Sie begann spürbar zu zittern. Der Kampfroboter hatte auf sie geschossen, als sei sie ein Gegner. Was dachte Hamiller sich eigentlich dabei? Er mußte doch wissen, daß es sich lediglich um einen Bewohner des Schiffes handeln konnte.

Hamiller war nicht mehr normal. Das stand für sie jetzt endgültig fest. Und sie mußte alles tun, um ihre Erfahrung den anderen mitzuteilen.

Hastig kommunizierte sie mit dem Pikosyn. Einen Funkspruch abzustrahlen, ließ sie bleiben, denn die Halle lag unter einem Funkschirm. Sie gab einen Transmitterbefehl ein und näherte sich dem riesigen Tor auf nächstmögliche Distanz. Wieder wandten sich die TARAS in ihre Richtung, aber da hatte sie die Impulsfolge zusammen mit ihrem Kode bereits abgestrahlt. Der Transmitter wurde in der umgekehrten Richtung programmiert, und die TARAS rasten auf ihn zu und postierten sich vor ihm. Inzwischen zog sich Anthea bis zu einem der Personenausgänge zurück und schaltete die Automatik aus. Sie öffnete von Hand und schlüpfte hinaus. Der Korridor vor ihr war leer, und sie aktivierte das Flugaggregat des SERUNS und raste davon. Die Kampfroboter folgten ihr nicht, dafür meldete sich Hamiller.

„Anthea, ich muß mich bei Ihnen entschuldigen. Es handelt sich um ein Versehen. Ich konnte nicht damit rechnen, daß es sich um ein Mitglied des Schiffes handelte."

„Worum denn dann? Hast du keine Außenbeobachtung mehr? Du hättest die Annäherung eines Fremden erkennen müssen. Oder glaubst du an Gespenster?"

„Nein, Madam. Darf ich Sie um einen Gefallen bitten?"

„Sprich, Hamiller!"

„Wären Sie mit einer umgehenden Teillöschung Ihres Gedächtnisses einverstanden?"

„Nein, natürlich nicht. Du kannst nicht verhindern,

daß die Schiffsführung von deinen Maßnahmen erfährt. Was bedeuten sie?"

„Das tut mir leid. So zwingen Sie mich, Schritte zu tun, die noch Zeit gehabt hätten!"

„Ein paar Stunden wohl, habe ich recht?"

„Ich glaube, Sie haben mich durchschaut, Madam. Ich kann wirklich nicht mit Ihrer Diskretion rechnen, Anthea?"

„Nein, Hamiller. Ende des Gesprächs!"

Sie hatte ihn nicht durchschaut, wußte nicht, welche düsteren Dinge er vorbereitete. Sie hoffte nur, daß sie und alle anderen bald Bescheid wüßten.

Miztel hätte so etwas nie für möglich gehalten. Mit offenem Mund starrte der Neuarkonide auf den Hangar. Überall pulsierten die Anzeigen der Transmitteranlagen. Zwischen den Depots und den Schiffen herrschte ein ständiger Einbahnverkehr.

„Leo, das muß ich mir ansehen!" rief er aus. „Ich weiß, was die tun. Aber ich muß es mit eigenen Augen sehen, sonst glaube ich es nicht. Los, komm!"

Er zog den Waffenmeister mit sich fort. Sie bahnten sich ihren Weg bis zu dem Leichten Kreuzer ULIX, der ihnen am nächsten ruhte. Die Roboter beachteten sie nicht und ließen sie ohne Behinderung in das Schiff hinein. Sie suchten die Hallen in den Unterdecks auf und betrachteten die Waren, die sich sauber geordnet auftürmten. Schweberoboter waren damit beschäftigt, die Container und Ballen zu befestigen.

„Und so ist das überall. In allen Hangars pumpen die Roboter die Schiffe voll mit Vorräten. Was irgendwie hineingeht, packen sie hinein!"

Seine Worte besaßen eine prophetische Komponente, und als der Waffenmeister endlich reagierte und seine Lähmung überwand, da hatte Miztel den Raum bereits verlassen und befand sich auf dem Korridor zur Bodenschleuse. Leo Dürk holte auf und folgte dem Neuarkoniden hinüber in das nächste Schiff. Auch hier liefen die Ladearbeiten auf Hochtouren. In der Zentrale überprüften Technik-Roboter die Anlagen und führten Probeläufe einzelner Sektoren durch. Alles sah danach aus, als sollten die Schiffe innerhalb kürzester Zeit starten.

„Wenn ich nur wüßte, wem Hamiller da zu Hilfe eilen will“, knurrte der Waffenmeister. „Es ist unglaublich.“

Er trat zwischen die Roboter und schaltete den Interkom ein.

„Dürk an Javier“, sagte er. „Kannst du mich empfangen?“

„Ich höre dich“, kam nach wenigen Sekunden die Antwort. „Willst du mir sagen, daß in der BASIS der Teufel los ist?“

„So ähnlich, Waylon.“ Er berichtete, was sich in den Hangars abspielte. Waylon wußte es bereits.

„Hamiller gibt keine Auskunft“, sagte der Kommandant. „Wir sind auf Spekulationen angewiesen. Es kann durchaus sein, daß irgendwo größere Gruppen von Lebewesen in Not sind und wir demnächst Order erhalten, die Schiffe zu bemannen und ein bestimmtes Ziel anzufliegen. Irgendeinen Sinn muß es doch gehabt haben, daß die BASIS den Sektor X-DOOR nicht verlassen sollte. Wartet noch ein wenig ab. Hamiller hat noch ein paar Stunden Zeit, den ursprünglichen Zustand wiederherzustellen.“

„Wir sehen uns weiter um“, gab Dürk durch. Er wandte sich um, aber Miztel war schon wieder weiter. Der Neuarkonide fand einen Personentransmitter, der nicht blockiert war. Gemeinsam ließen sie sich in die Medostationen in der Schiffsmitte abstrahlen, wo es nach Aussagen des Personals ebenfalls zu nicht angemeldeten Einsätzen von Robotern kam. Hereth ten Var eilte ihnen entgegen, als sie aus dem Verstofflichungsfeld traten.

„Sie holen mir alle Patienten weg“, sagte er. „Ich kann nichts dagegen tun. Alle, die nicht an Bord der BASIS gehören, werden abtransportiert. Sie bringen sie in ein Schiff und versorgen sie dort. Die meisten sind bereits abtransportiert!“

„Und du konntest sie nicht aufhalten!“ stellte Leo Dürk fest.

„Ich wollte es. Aber die Maschinen verhinderten es mit Hilfe eines Energiefelds. Wir sind machtlos!“

„Das sehen wir überall“, brauste Miztel auf. „Wir werden doch irgendwie einen Weg finden, diesen Irrsinn aufzuhalten. Irgendwie muß es möglich sein, Hamiller zu zwingen, endlich zu sagen, was los ist.“

Hamiller hörte mit und antwortete.

„Ich kann Sie gut verstehen“, klang die Stimme der Tube auf. „Aber ich werde die Frist einhalten, die Mr. Javier mir gesetzt hat. Bitte gedulden Sie sich noch ein wenig!“

Die Stimme klang freundlich wie immer, dennoch hatten die Männer und Frauen den Eindruck, als amüsiere sich die Syntronik über sie.

Miztel ließ eine Suchmeldung nach Mehldau Sarko los. Der Hangarmeister befand sich an der Großschleuse und versuchte, die Roboter so zu programmieren, daß sie Hamillers Befehle nicht mehr gehorchten. Aber die Tube warf ihm jedes neue Programm aus dem System und blockierte es mit einer Kette von Alpha-Befehlen.

„Es hilft alles nichts“, hörten sie Sarko sagen. „Der Kreuzer ist voll, die Schotte sind geschlossen. Er wird jeden Augenblick abheben. Jetzt baut sich das Schutzfeld auf. Achtung, das Lazarettschiff löst sich von der BASIS. Sein Ziel ist unbekannt. Hamiller hat sich bisher nicht dazu geäußert.“ Und nach einer kurzen Pause fuhr er fort: „Mir sind da ein paar Dinge zu Ohren gekommen, die vielleicht Licht in das Dunkel bringen. In ein paar Wohnsektoren sind die Multijoins zu merkwürdigen Leben erwacht. Sie haben angefangen zu reden und die Kinder und auch Erwachsene darauf vorbereitet, daß die Patienten bald in ihre Heimat zurückkehren werden oder zumindest die BASIS verlassen. Jetzt sind sie alle weg, die Hauri, Kartanin, Planta und wie sie alle heißen. Und ich würde zu gern wissen, wohin Hamiller sie bringt und vor allem, wohin er die vielen Lebensmittel schickt. Will er die Schiffe per Robotsteuerung nach Hangay hineinführen?"

„Das erscheint mir unwahrscheinlich", antwortete Miztel. „Es weiß niemand, wo sie in Hangay am nötigsten gebraucht werden. Außerdem glaube ich, daß Hamiller genug mit anderen Dingen zu tun hat. Er muß das Schiff mit dem Interkonnekt-Feld fluten. Weiß jemand, ob er das schon getan hat?"

„Nach meinen Informationen nicht", erwiderte der Hangarmeister. „Ich kehre zunächst einmal in die Hauptleitzentrale zurück. Hier kann ich nichts mehr ausrichten!"

Er unterbrach die Verbindung, und Miztel wandte sich an die Umstehenden. „Wir sollten auch dahin gehen und warten, was Javier aus der Tube herausquetscht."

Sie bewegten sich in Richtung des Transmitters. Das Gerät war jetzt blockiert, aber nach kurzer Zeit wurde es von der Automatik freigegeben. Der Weg war frei.

„Das Lazarettschiff, wie Sie es nennen, Mr. ten Var, nimmt Kurs auf Pinwheel. Dies ist die Galaxis, wo die Komatösen am ehesten und am schnellsten betreut werden können", meldete Hamiller, als sie sich anschickten, nacheinander durch den Bogen zu treten.

„Für ihre medizinische Versorgung ist absolut gesorgt."

Man sah es Herth ten Var an, daß ihn diese Nachricht keinswegs beruhigte.

Sie waren verunsichert. Manche hatten Angst, und man sah es ihnen deutlich an. Sie bekamen überall mit, was in diesem großen Schiff vor sich ging, das ihnen Heimat war. Wenn sie den Roboterkolonnen im Weg standen, wurden sie zur Seite gedrängt oder einfach weggeschickt. Sie sahen sich plötzlich hinter einem Schutzschirm, oder ein bisher nicht vorhandenes Transmitterfeld eines transportablen Geräts strahlte sie in einen anderen Teil der BASIS ab. Sie befanden sich von einem Atemzug zum nächsten in einem Schiffsbereich, in dem sie vielleicht noch nie gewesen waren und sich nicht auskannten. Sie eilten zu den Interkomen, um sich zu orientieren, aber die meisten Geräte waren abgeschaltet oder gaben nur wirres Zeug von sich. Den Männern und Frauen wurde es unheimlich. Die, die mit ihren Kommunikationsgeräten Glück hatten, versuchten bis in die Hauptleitzentrale durchzukommen. Dort aber befand sich niemand, der ihnen mit einer präzisen Auskunft hätte helfen können. Deneide Horwikow, die sich seit ihrem Erlebnis in der Messe nicht mehr aus der Zentrale getraut hatte, hielt so viele Verbindungen wie nur möglich aufrecht. Es gelang ihr, sich einen teilweisen Überblick über das Geschehen in dem Giganten zu machen. Was sich herauskristallisierte, gab nicht gerade zur Beruhigung Anlaß. Sie verständigte Javier, der mit einem tragbaren Funkgerät irgendwo unterwegs war. Javier versprach, so schnell wie möglich in die Zentrale zu kommen. Von da an war sein Gerät gestört, und so gelang es der Cheffunkerin nicht, ihn davon zu unterrichten, daß sich Lakoitse und seine Gefährtin gemeldet hatten.

Anthea und Jeffrey trafen sich in Laubenhain. Sie

hatten sich für den Fall der Fälle an diesem zentralen Platz verabredet, und sie hatten keine Mühe, einen Durchgang in den Sektor zu finden, der funktionierte. Überhaupt schien es hier im Zentrum der BASIS relativ ruhig zu sein. Jeffrey zog Anthea die Straße in der Hauptebene entlang. Dort, wo zuvor noch Maschinen mit der Wiederherstellung der Grünanlagen beschäftigt gewesen waren, arbeitete niemand mehr. Die meisten Pflanzen lagen verdorrt herum.

Anthea blieb stehen und bückte sich zu einem der Kübel, in dem die Roboter Schößlinge herbeitransportiert hatten. Die Schößlinge lagen halb verfault in ihrem Saft und verbreiteten einen unangenehmen Gestank. Anthea stieß den Kübel zur Seite und machte über den Funk ihres SERUNS eine Meldung. Wenig später rollte ein Reinigungsroboter aus einer Box unter der Straße und entfernte den Behälter.

Die Tefroderin verspürte ein ausgesprochen flaues Gefühl im Magen. Es lag nicht daran, daß der Kampfroboter sie beschossen hatte. Es war auf den allgemeinen Zustand zurückzuführen, dessen Anzeichen überall zu erkennen waren.

„Jeff!“ Sie blieb stehen und faßte ihn an den Händen. „Was ist mit uns los? Sind wir blind? Verstehen wir alles falsch? Wenn es lediglich darum ginge, daß die BASIS jemandem zu Hilfe eilt, bestünde doch kein Grund, das Innere des Schiffes verkommen zu lassen, Teile umzubauen und Vorgänge geheimzuhalten.“

„Ja, natürlich. Du weißt, daß ich mir die Frage nach den Hintergründen schon lange stelle. Die Frist ist bald abgelaufen. Hamiller bleiben noch acht Stunden. Bis dahin muß er das Ultimatum Javiers erfüllt haben.“

Bereits bei ihrem Zusammentreffen hatte er ihr in knappen Sätzen berichtet, was er herausgefunden hatte. Überall im Schiff gab es jetzt Sektionen, die unzugänglich waren. Andere wurden umgebaut, oder die Roboter entfernten alle Anlagen aus ihnen, bis sie leer waren, und verstauten sie in anderen Schiffsbereichen, wo sie eingemottet wurden. Die Schiffe bis hin zu den kleinen Space-Jets und den verbliebenen Raumjägern waren mit Versorgungsgütern vollgestopft, und Hamiller ließ die meisten Vorräte an Flüssignahrung und Trinkwasser in sie hineinpumpen. Die Tanks in der BASIS leerten sich immer mehr, und irgendwann würde gar nichts mehr vorhanden sein.

Jemand hatte über Funk eine allgemeine Meldung abgegeben, daß ein Teil des Wassers draußen in den Weltraum gepumpt wurde und dort die Luken und Schleusen beeinträchtigte.

Die Anfragen an Hamiller gingen in die Tausende, und keine wurde von der Syntronik beantwortet. Es war wie bei einem altmodischen Telefongespräch zur Stoßzeit. Man konnte es stundenlang probieren, ohne durchzukommen.

Die Frage bestand meist in einer einzigen Formulierung.

Wozu das alles? Was bedeutet es?

Es sprach für die Disziplin der vieltausendköpfigen Besatzung, daß sie sich den neuen Gegebenheiten rasch anpaßte und die vorübergehende Beschränkung mit größtmöglicher Gelassenheit ertrug.

„Marna und Bodo warten sicher schon auf uns“, sagte Jeffrey, als Anthea ihm keine Antwort gab. „Dort, der Zugang zu den Wohnungen ist zum Glück frei!“

Sie eilten in das Haus und zu der Wohnung ihrer Freunde. Wie meistens stand die Wohnungstür offen, und schon auf dem Korridor hörten sie viele Kinderstimmen jubilieren. Sie traten ein und lenkten ihre Schritte automatisch in das Spielzimmer. Lubjo stand in der linken Ecke, und um ihn herum standen alle seine

Freunde und Spielkameraden. Jeder hatte seinen Multijoin mitgebracht. Die kleinen Maschinchen bewegten sich in einer langen Schlange quer durch den Raum, liefen über Kreuz und in Achterformation. Dabei redeten sie unablässig, und Anthea und Jeffrey bekamen ein paar Wortfetzen mit.

„. . . wollen alle die lange Reise antreten. Ihr dürft nicht ungeduldig sein. Es wird noch ein paar Stunden dauern. Die Fremden in den Medostationen haben die Heimat bereits verlassen. Bestimmt sind sie auf dem Weg in ihre eigene Heimat. Freut ihr euch auf den Ausflug? Ihr werdet bestimmt nicht . . ."

Wie auf Kommando brachen die Multijoins ihren Redefluß ab.

„Sie haben unsere Ankunft zu spät festgestellt!" rief Jeffrey laut. „Es liegt an den vielen Energieemissionen um uns herum." Er packte Anthea und schüttelte sie. „Hole Marna und Bodo, Maus! Langsam sehe ich klar!"

Sie eilte verwirrt davon und kehrte wenig später mit Lubjos Eltern zurück. Offenbar hatten sie geschlafen.

„Hamiller!" rief Lakoitse laut. „Wohin geht der Ausflug ohne die BASIS?"

„Sir, es ist nicht an der Zeit . . . verzeihen Sie, Sir . . . Ich wahre lediglich meine Frist!"

„Die Multijoins, Hamiller. Du beeinflußt die Kinder über die Multijoins. Du machst ihnen Hoffnungen oder hältst sie bei Laune. Verdammt, ja natürlich. Du hilfst ihnen, alles zu überstehen!"

Anthea wurde ebenso bleich wie Marna und Bodo. Sie klammerte sich an Jeffreys Arm. Ihre Stimme klang hohl, als sie sagte:

„Jeff, willst du damit etwa sagen, die Spieldinger sagen die Wahrheit? – O Gott!"

Der Endophysiker riß sich los. Aus einer Tasche seines SERUNS zog er ein streichholzschachtelgroßes Instrument mit zwei Antennen. Mit wenigen Sätzen stand er am Interkom. Er riß den Sicherungsbolzen am Bedienungselement ab und zog die Verkleidung auf. Er schlug das Instrument in eine sichtbare Öffnung des Geräts hinein.

Anthea hatte nicht gewußt, daß er über dieses Ding verfügte. Es mußte mit seiner Tätigkeit in der Endo-Abteilung zusammenhängen.

Lakoitse blockierte das Interkom-System und zwang die Syntrons mit Hilfe eines Geheim-Kodes, seinen Eingriff zuzulassen. Er wies sich damit als autorisiert aus, obwohl Anthea genau wußte, daß er es nicht war.

„Jeff!“ stieß sie hervor. Er kümmerte sich nicht darum. Anthea sah, wie er mehrere Sensoren bediente. Ein Seufzer der Erleichterung kam über seine Lippen.

„Was tust du?“ fragten Marna und Bodo verdattert. „Ist das legal?“

„In diesen Stunden ist alles legal“, sagte er leise.

Über ihren Köpfen begann es zu klirren, erst leise, dann laut. Ein Winseln folgte, das rasch in ein Donnern überging. Jetzt mußte es auch der Taubste in der BASIS hören. Und während das Donnern verklang, begannen Glocken zu dröhnen, Glocken wie von einem Kirchturm. Der Vierklang wurde lauter und lauter und machte bald jedes Wort unmöglich.

Anthea faßte wieder nach Jeremy, und er schloß sie impulsiv in seine Arme.

„Sie hören es alle!“ brüllte er, damit sie ihn verstehen konnte.

Anthea begriff. Jeffrey hatte erkannt, was los war. Und weil er nicht zu den autorisierten Personen gehörte, wählte er diese illegale Methode, um sich verständlich zu machen.

Was da durch die BASIS dröhnte und nicht mehr aufhörte, was auch Hamiller nicht abstellen konnte, weil es ein eigenständiges und unabhängiges System bildete, das war kein Alpha-Alarm und kein Rotalarm.

Es war die höchste Stufe des Alarms überhaupt, die noch nie benutzt worden war.

Jeffrey Lakoitse hatte Heimatalarm ausgelöst.

Den Bewohnern der BASIS drohte Gefahr.

Sie kam vom Schiff selbst.

Und Hamiller wußte es! Er hatte es die ganze Zeit schon gewußt!

7. *Stunden der Wahrheit*

Es war Zufall, daß sich Waylon Javier gerade in seiner Unterkunft aufhielt, als der Alarm losging. Er richtete sich kerzengerade auf und lauschte nach oben. Für einen Augenblick sah er aus, als wolle er an seinem Verstand zweifeln. Dann aber huschte ein Ausdruck von Erschrecken und gleichzeitiger Erkenntnis über sein Gesicht. Mit einem gewaltigen Satz sprang er aus seinem Sessel bis zu der Wand, wo das gelbe Licht zu blinken begonnen hatte.

Heimatalarm! Jemand hatte Heimatalarm ausgelöst, und er war sich fast sicher, daß es nicht Hamiller gewesen war.

Dennoch stieß Javier einen Fluch aus.

„Was willst du, du Unding von einer Tube?“ murmelte er. „Was treibst du für ein Spiel?“

Düstere Ahnungen beschlichen ihn, ohne daß er in der Lage gewesen wäre, sie in Worte zu fassen.

Heimatalarm bedeutete die sofortige Freigabe aller versiegelten Boxen, in denen die Waffen für einen solchen Fall untergebracht waren. Das Licht signalisierte, daß das Siegel gebrochen war. Javier legte seine rechte Handfläche auf die Fläche, in deren Mitte das

Licht blinkte. Empfindliche Sensoren analysierten seine Zellkernstrahlung und verglichen die Fingerabdrücke mit dem gespeicherten Muster. Das Ergebnis war positiv.

Die in ihren Umrissen nicht sichtbare Klappe sprang auf. Waylon griff hinein und löste den Kombistrahler aus seiner Halterung. Er nahm ihn heraus und legte ihn auf den Tisch. Er schlüpfte in seinen SERUN, der an der Wand neben der Tür hing, und verschloß ihn. Anschließend steckte er die Waffe in die Halterung an der Hüfte.

„Eine Passage zur Zentrale!" wies er seinen Servo-Syntron an.

„Beeile dich, Waylon", erwiderte das Gerät. „Hamiller hat soeben mitgeteilt, daß die Transmitter in sechs Minuten abgeschaltet werden!"

Javier hetzte aus seiner Kabine zum Antigrav. Zwar hatte er bis zu seinem Ziel nur rund zweihundert Meter zurückzulegen, denn die Unterkünfte der Zentrale-Besatzung lagen ganz in der Nähe der Steuerräume. Dennoch wollte er keine einzige Sekunde verlieren. Er warf sich in den Schacht und wurde eine Etage höher getragen. Keine zehn Sekunden später verließ er den Schacht und rannte zur gegenüberliegenden Wand. Der Syntron wußte Bescheid und hatte das Abstrahlfeld bereits aktiviert. Javier entmaterialisierte und wurde im selben Augenblick in der Hauptleitzentrale verstofflicht. Er sah die Gesichter von Les Zeron, Sandra Bougeaklis und Leo Dürk. Sie sprachen Bände.

„Achtung, hier spricht der Kommandant! Unsere Heimat ist in Gefahr. Haltet euch an die Anweisungen der Sektionsleiter. Hört nicht auf das, was Hamiller euch erzählt! Hamiller steht nicht mehr auf unserer Seite!"

Seine Worte wurden in den Alarm hinein übertragen.

Die Automatik nahm den Glockenklang ein wenig zurück, damit seine Stimme auch verstanden wurde.

„Waylon, was in aller Welt hat Lakoitse zu bestimmen?“ fragte der Waffenmeister leise und deutete auf die Aufzeichnung des Alarms.

Javier warf einen raschen Blick darauf.

„Ein Endophysiker!“ sagte er, als sei das die ganze Erklärung. „Wenn Lakoitse den Alarm ausgelöst hat, dann ist dieser berechtigt. Los, kommt mit! Ich werde Hamiller ein letztes Mal zur Rede stellen! Es gilt zu retten, was zu retten ist!“

Er hastete in Richtung Ausgang.

„Und dann?“ fragte Dürk.

Er gab keine Antwort. Gemeinsam eilten sie hinüber in den Raum, und der Kommandant baute sich vor der Syntronik auf.

„Hamiller, was geschieht hier?“ schrie Waylon Javier. Verzweifelt streckte er die blau schimmernden Hände in Richtung der silbernen Wand aus. „Ich verlange eine Antwort!“

„Es ist nichts Besonderes, Sir“, erwiderte die syntronische Tube. „Sie brauchen sich keine Sorgen zu machen!“

„Verdammt!“ brüllte der Kommandant der BASIS. „Tu etwas dagegen! Du bist dabei, die BASIS zu zerlegen. Wer hat dir den Befehl gegeben?“

„Ich weiß von nichts, Sir“, lautete die Antwort, die Javier an den Rand des Wahnsinns trieb. Hilflos blickte er sich um und starrte seine Begleiter an. Er erntete ein Schulterzucken.

„Es war NATHAN, gib es zu! Du hast doch keinen Grund, es zu verheimlichen!“

Die Hamiller-Tube schwieg, und Waylon wandte sich ab.

„Leb wohl, Hamiller! Wir werden uns nie mehr wiedersehen!“

Die Tube gab keine Antwort, und Javier zog sich in die Zentrale zurück und ließ um sich und die Anwesenden ein abhörsicheres Schutzfeld aufbauen.

„Wir waren Narren“, sagte er und nickte Miztel, Herth ten Var und Mehldau Sarko zu, die eintraten und sich zu ihnen unter das Schutzfeld gesellten. „Wir haben uns alle eingebildet, Hamillers Verhalten stünde mit den Ereignissen rund um Hangay in Zusammenhang. Damit haben wir uns gründlich verschätzt. Wir waren taub und blind, daß wir nicht gleich auf die richtigen Gedanken gekommen sind. Hamiller hat uns darauf hingewiesen, daß er die Hangay-Patienten aus dem Schiff entfernen würde, und er hat uns zweimal mitgeteilt, daß er nie etwas gegen die Interessen der Menschheit unternehmen würde. Er meinte nicht die Menschen in der BASIS, er meinte die Menschheit in der Milchstraße. Hamiller erhielt von NATHAN den Befehl, den Sektor X-DOOR nicht zu verlassen. Ferner hat sich ein heimlicher Kurier an Bord geschlichen, Jeffrey Lakoitse war der einzige, der verdächtige Beobachtungen machte. Anschließend hat Hamiller die Basis mit dem Diskonnekt-Feld geflutet. Er wollte das Schiff bei X-DOOR zerlegen, hat sich jedoch aus irgendeinem Grund kurzfristig entschlossen, die Hauri-Raumer abzuschütteln. Wir hätten seinen Ausflüchten keinen Glauben schenken sollen.“

Er brachte so etwas wie ein Grinsen zustande und schlug sich gegen die Stirn.

„Hamiller hat die reine Wahrheit gesagt. Jetzt begreife ich auch, warum er so schnell auf das Ultimatum einging. Er wußte, daß er vierundzwanzig Stunden benötigen würde, um die BASIS, wie angekündigt, in ihren ursprünglichen Zustand zu versetzen.

Ursprünglicher Zustand, das bedeutet: zerlegt in hunderttausend Einzelteile und ohne die nötigen Lebenserhaltungssysteme, die eine Existenz der über zwölftausend Bewohner garantieren. Das Angebot, uns die vollständige Kontrolle über die Hangars und die Schiffe zu überlassen, paßte genau in seine Absichten.

Alle seine Maßnahmen dienten nur dem einen Zweck. „Hoffentlich ist es nicht zu spät, noch etwas dagegen zu unternehmen."

„Wir versuchen es auf alle Fälle", warf Leo Dürk ein. „Hamiller weiß genau, warum er uns nicht sagt, wieso er das alles tut. Er weiß auch, daß es unverantwortlich ist, den Bewohnern der BASIS ihren Lebensraum zu nehmen."

„Er weiß es ganz bestimmt", stimmte Sandra Bougeaklis zu. „Ich frage mich nur, wenn wir uns dagegen wehren, verstoßen wir damit dann gegen die Interessen der Menschheit?"

Niemand wußte eine Antwort auf diese Frage.

Waylon straffte sich. Seine nach vorn hängenden Schultern ruckten nach oben, und er nahm die Hände aus diesen unförmig ausgebeulten Taschen.

„Ich habe eine Idee", teilte er mit. „Da kommen Anthea und Jeffrey. Vielleicht wissen sie etwas Neues. Les, ich will mit allen Sektions- und Abteilungsleitern sprechen. Wenn wir noch etwas retten können, dann im mechanischen Bereich. Noch hat Hamiller mit der eigentlichen Zerlegung nicht begonnen. Sie dürfte ein langwieriger Prozeß sein, aber ich gehe davon aus, daß die Tube darauf hinarbeitet, die Schiffsbewohner zuvor aus dem Innern der BASIS zu entfernen. Wir wollen es ihr nicht zu leichtmachen!"

„Ich bin schon weg!" murmelte Les Zeron. „Vergeßt nicht, daß die Transmitter nicht mehr funktionieren. Wir sind auf den Funk, die SERUNS und unsere Füße angewiesen, oder wir nehmen den Weg über die Oberfläche. Da dürften wir am schnellsten vorankommen."

Er grüßte die Tefroderin und den Mann von Pinterville und eilte davon.

Waylon Javier drückte Lakoitse die Hand.

„Ich glaube, wir haben dir und deiner Gefährtin einiges zu verdanken“, sagte er. „Vielleicht kam der Alarm doch noch rechtzeitig.“

„Hoffen wir es“, entgegnete der Endophysiker. „Wir haben einen einzigen Fehler gemacht. Wir haben uns zu sehr auf die Loyalität Hamillers verlassen. Wir waren zu vertrauensselig. Auch ich habe bei der Entdeckung der Wärmespur und des heimlichen Eindringens eines Unbekannten in die BASIS zunächst in die falsche Richtung gedacht. Sonst wäre ich diesem Monstrum früher auf die Schliche gekommen.“

„Ja“, sagte Waylon und tastete nach dem Griff seiner Waffe. Dieses System, daß im Fall eines Heimatalarms jedem Bewohner des Schiffes eine Waffe griffbereit zur Verfügung stand, ging auf NATHAN zurück, den Schöpfer der BASIS.

Die Glocken dröhnten durch die Räume und hörten nicht mehr auf, die Bewohner daran zu erinnern, was los war. Der Vierklang läutete unablässig, aber die Töne waren von einer solchen Reinheit, daß sie niemandem auf die Nerven gingen. Jemand hatte den Vergleich mit den Glocken des Jüngsten Tages angestellt, und er war nicht einmal so verkehrt.

Keiner der Techniker befand sich an seinem Platz. Die Experimentalanlagen liefen von selbst, und Bodo Upmark sah auf den ersten Blick, daß das Sicherheitssystem eingeschaltet war. Die Anlagen würden sich bei jedem auftretenden Fehler selbst abschalten.

Die Heimat war in Gefahr!

Die Worte Javiers hatten sich in sein Gehirn eingebrannt und traten immer wieder in den Vordergrund, so sehr er sich auch bemühte, sie zu verdrängen.

Heimatalarm!

Jeffrey hatte ihn ausgelöst, der Endophysiker war Hamiller auf die Schliche gekommen.

Alles, was die Männer und Frauen in der BASIS über die Vorgänge der letzten Tage und Wochen wußten, schien sich jetzt zu einem einheitlichen Ganzen zusammenzufügen.

Er tappte zu seinem Arbeitsplatz und legte die Hand auf den Tisch.

„Hallo Bodo“, meldete sich der Automat. „Du bist pünktlich. Ich habe eine Mitteilung von André Jewski für dich. Sieh sie dir an!“

Der Astrogator beugte sich zur Seite und schaltete das Aufzeichnungsgerät ein. Der Bildschirm blieb dunkel, aber die Stimme seines Chefs klang auf.

„Niemand weiß, was hier in den nächsten Stunden geschehen wird“, verkündete Jewski. „Wir erhalten keinen Kontakt mit Hamiller mehr. Du hast jetzt die Gelegenheit, die Station zu verlassen und dich um deine Familie zu kümmern. Solltest du dich fürs Hierbleiben entscheiden, dann komme bitte umgehend in die Hauptabteilung!“

Die Aufzeichnung war beendet, und Bodo fuhr sich nervös durch sein kurzgeschnittenes Rothaar. Er überlegte hin und her, dann setzte er sich entschlossen in Bewegung. Er schritt durch die Abteilung und betrat das Gleitband. Es arbeitete und hielt ihm vor Augen, daß hier bis jetzt keine Beeinträchtigungen stattgefunden hatten.

Wie lange noch?

Als er die Hauptabteilung betrat, fand er seine Kollegen und Kolleginnen auf der Galerie nahe der Peripherie des Sonnenmotors. Jewski entdeckte ihn sofort und winkte ihm zu. Eine seltsame Unruhe erfüllte den Raum, und Bodo tastete nach dem Kombistrahler an seiner Hüfte. Die Männer und Frauen hielten ihre Waffen in den Händen.

Er eilte zur Treppe und hastete die Stufen empor, immer zwei auf einmal. Oben angekommen, griffen hilfsbereite Hände nach ihm und zogen ihn in die Deckung des Lichtschirms, der sich entlang der Galerie erstreckte und die Sicht auf die Kuppel verdeckte, hinter der sich der glühende Ball befand.

Eine Hand legte sich auf seine Schulter. André Jewski zog ihn nach unten und deutete durch den Sichtspalt hinüber. Jenseits des grellen Lichts war der dunkle Streifen der gegenüberliegenden Beobachtungsgalerie zu erkennen.

Sie war leer, aber an zwei Stellen erkannte Upmark die glänzenden Körper von Robotern.

„Die Maschinen haben die Physiker vertrieben. Mit Gewalt haben sie sie weggeschleppt. Wir haben es beobachtet. Jetzt sind wir für das Experiment allein verantwortlich. Vergiß die mathematischen Berechnungen des Sonnenexperiments, Bodo. Wir können von Glück reden, wenn uns das Ding da drüben nicht durchgeht."

Der Glockenalarm übertönte das Summen des Sonnenmotors, deshalb konnte der Astrogator nicht sagen, ob der Motor regelmäßig lief oder nicht. Es war auch nicht zu erkennen, ob der Fusionsprozeß unter der Kuppel geregelt ablief, denn in der Hauptabteilung kamen keine Meßwerte mehr an.

Upmark begriff. Es blieb ihnen nur eines: Sie mußten die Stellung halten und jegliche Übergriffe abwehren. Ein unkontrollierter Ablauf des Experiments mußte große Teile der BASIS unweigerlich zerstören.

War es das, was Hamiller wollte?

Die Roboter rückten eine Viertelstunde später an. Sie näherten sich von vorn und von hinten, und sie nahmen an den Aufgängen zur Galerie Aufstellung.

„Kommen Sie herunter und verlassen Sie Ihren Wirkungsbereich!“ forderten die Maschinen sie auf. Sie benutzten die förmliche Anrede, ein deutlicher Beweis, daß sie voll unter dem Einfluß von Hamiller standen und quasi seine verlängerten Arme darstellten.

„Hamiller, wir werden nicht weichen. Jede Beeinträchtigung des Experiments beschwört große Gefahren für die Heimat herauf. Wir werden uns nicht an der Zerstörung unseres Lebensraums beteiligen!“ schrie Jewski hinab. „Verschwindet und laßt uns in Ruhe!“

„Das Experiment läßt sich nicht fortsetzen, das müssen Sie einsehen, Mr. Jewski“, klang es aus der Maschine, die sich in der Mitte des Bereichs unter der Galerie befand. „Dies ist die letzte Aufforderung. Kommen Sie herunter, und suchen Sie einen der Hangars auf!“

Der Chef hob die Hand. Die Männer und Frauen legten ihre längst entsicherten Waffen an.

Die Hand senkte sich.

Ein Dutzend Energiestrahlen rasten hinab und hüllten die Roboter ein. Die Maschinen bauten rechtzeitig ihre Abwehrschirme auf, und die Energien glitten wirkungslos an ihnen ab.

„Hört mir zu!“ rief Jewski. „Wir sind bereit, mit Hamiller zu verhandeln. Wenn er gewährleistet, daß kein Unglück geschieht, dann werden wir die Station bereits morgen räumen.“

„Morgen ist es zu spät“, lautete die Antwort.

Die Maschinen erwiderten das Feuer, und Bodo sah, wie zwei Männer neben ihm in sich zusammensanken und stöhnend liegenblieben.

Der Astrogator warf sich zur Seite. Die Roboter

schossen mit Lähmstrahlen, und sie nutzten die Verwirrung, die auf der Galerie entstand.

Upmark warf sich nach hinten. Er entging einer breitgefächerten Salve. Er kam hinter einer der Stützsäulen der Galerie zu liegen und richtete sich langsam an ihr auf, um den Robotern so wenig wie möglich Trefferfläche zu bieten.

„Aufhören!" schrie Jewski. Bodo sah, wie der Chef der Station über den Boden robbte. „Wir geben auf!"

„Es ist zu spät, Sir", erklärte die Maschine dort unten. „Sie haben wichtige Minuten verschenkt. Merken Sie nicht, wie die Luft aus der Halle entweicht? Warum tragen drei Ihrer Mitarbeiter keinen SERUN?"

Bodo warf den Kopf in den Nacken und musterte die Decke. Sie befand sich drei Meter über ihnen. Dort oben verlief ein haarfeiner Riß, eine Art Naht. Dieser Riß erweiterte sich langsam, er besaß bereits eine Breite von gut zwei Millimetern. Wenn man lange genug auf eine Stelle sah, konnte man die Bewegung erkennen, mit der die Kanten auseinanderdrifteten.

Sein SERUN schloß augenblicklich den Helm. Er schaltete sein Flugaggregat ein und stürzte sich nach hinten in die Tiefe. Die Roboter registrierten die Bewegung, aber sie reagierten nicht. Sie nahmen die drei Wissenschaftler in Empfang, die keinen Schutzanzug trugen, und hüllten sie in Schirmfelder. Danach bildeten sie einen Kreis und warteten, bis sich die Männer und Frauen hineinbegeben hatten.

Anschließend zogen sie ab.

„Und Sie, Mr. Upmark?" erkundigte sich die Stimme wieder. Diesmal kam sie nicht von einer der Maschinen, sondern klang direkt in seinem Funkempfänger auf. „Wollen Sie nicht zu Ihrer Familie?"

„Was wird aus dem Experiment? Hamiller, du kennst doch die Gefahren. Die Anlagen der eigentlichen Astrogator-Abteilung schalten sich von selbst ab. Aber dieses Gemeinschaftsexperiment mit den Plasmaphysikern stellt eine unermeßliche Gefahr dar."

„Ich bin über alles informiert, was in diesem Schiff geschieht. Auch über dieses Experiment! Sie sollten die Abteilung jetzt verlassen!"

Bodo Upmark hing etwa zehn Meter von der dicken Wandung der Kuppel entfernt. Er sah, wie sich das Inferno dort drinnen bewegte und wallte. Aus dem Ball wurde ein nebliger Vorhang, und der Astrogator stieß einen leisen Schrei aus.

„Alarm!" schrie er. „Das Ding geht durch!"

„Verschwinden Sie endlich, Upmark!" donnerte Hamiller. „Sie sind in Lebensgefahr!"

Der Astrogator reagierte nicht. Es war, als stünde er unter Schock. Er bewegte sich zwar, aber er fand den Weg zur Tür nicht, obwohl diese offenstand.

„Marna", ächzte er. „Marna, wo bist du? Pikosyn, gib einen Ruf an Marna ab. Ich brauche Hilfe!"

„Dein Kreislauf spielt verrückt, Bodo", antwortete der Pikosyn. „Ich verabreiche dir eine Injektion!"

Ein kaum wahrnehmbarer Schmerz an seinem Oberschenkel zeigte ihm, daß der SERUN Ernst machte. Eine Hitzewelle durchflutete Upmark, dann klärten sich seine Gedanken. Er spürte den Sog, der an dem SERUN zerrte. Eine unwiderstehliche Kraft riß ihn in Richtung der Kuppel. Es gab ein knallendes Geräusch, als er dagegenprallte. Er rutschte an der Wandung aufwärts in Richtung der Decke.

„Ich habe Marna nicht erreicht", meldete der Pikosyn. „Ich habe die Nachricht in eurem Interkom deponiert. Ich schalte jetzt dein Flugaggregat ein. Wir nehmen den Weg, der mich am wenigsten Energie kostet."

„Ist gut", ächzte Bodo. „Hauptsache, du bringst mich hier heraus!"

Marna begann dieses quengelnde Spielzeug zu hassen. Sie nahm den Multijoin in die Hand und drückte ihn. Das Material war weich und nachgiebig, aber gleichzeitig zäh und unverwüstlich. Der metallene Kern des Mikroroboters war auf diese Weise hervorragend gegen Beschädigungen geschützt. Mit einem Seitenblick vergewisserte sich die Frau, daß die Kinder außer Sichtweite waren. Nur die Nachbarn befanden sich bei ihr, fünf Frauen und drei Männer.

Der allgegenwärtige Glockenschlag führte ihnen ohne Unterbrechung vor Augen, daß sie etwas tun mußten, um ihre Heimat zu retten.

„Du begehst einen groben Fehler“, sagte Raggle und stellte zum ersten Mal in Gegenwart von Erwachsenen unter Beweis, daß er tatsächlich sprechen konnte. „Du darfst mich deinem Sohn nicht wegnehmen. Es wäre ein zu großer Verlust für ihn. Und er wird bald einiges zu verschmerzen haben. Wie tröstlich ist da so ein kleiner Roboter, meinst du nicht auch?“

„Hamiller, ich glaube dir kein Wort mehr!“ stieß Marna hervor. Sie warf den Multijoin zu Boden, und er richtete sich wie ein Stehaufmännchen in die Höhe und kam auf seinen Säulenbeinen zu stehen.

„Ich tue alles, um euch den Wechsel so angenehm wie möglich zu machen“, verkündete Raggle. „Seid ihr denn so verbohrt, daß ihr das nicht kapiert? Was denkt ihr eigentlich über mich? Ich habe versucht, es euch so schonend wie möglich beizubringen. Leider wurde ich dabei gestört. Es ist nicht meine Schuld!“

„Schluß damit!“ Marna Upmark versetzte dem Ding mit dem Stiefel ihres SERUNS einen Tritt. Sie handelte sich beifälliges Gemurmel der Nachbarn ein. „Wir wollen unsere Heimat nicht verlieren, Hamiller! Niemand hat das Recht, sie uns wegzunehmen und uns mitten im intergalaktischen Leerraum auszusetzen!“

„Die Verantwortung liegt nicht bei mir“, versuchte Hamiller sich zu rechtfertigen. „Ich habe Befehle erhalten, die alle meine Maßnahmen legalisieren.“

Einer der Männer stieß einen wütenden Schrei aus und riß seine Waffe aus dem Halfter. Er entsicherte sie und legte an.

„Für diese Katastrophe gibt es keine Rechtfertigung!“ brüllte er und schoß. Er verdampfte den Multijoin und einen Teil des Fußbodens gleich mit. Danach wirkte er erleichtert.

Marna griff nach seinem Arm und drückte ihn nach unten. Sie sah ihn flehend an, und er steckte die Waffe weg.

„Raggle ist überall“, klang die schnarrende Stimme eines Mikroroboters auf. Er rollte soeben zur offenen Tür herein. „Das Depot hat diesen Unfall vorausgesehen und Ersatz auf den Weg geschickt.“

Marna klappte die Kinnlade herunter. Sie wollte sich auf das Spielzeug stürzen und besann sich im letzten Augenblick.

„Ihr sollt zur Reihenuntersuchung in eure Medosektion kommen“, verkündete der Multijoin. „Hamiller will diese Maßnahme abschließen und sich vergewissern, daß alle bei bester Gesundheit sind.“

„Er hat wohl ein schlechtes Gewissen!“ lautete der Kommentator von Lubjos Mutter, und ihre Augen glühten beinahe so wie die des Mikroroboters. „Wir werden den Teufel tun!“

„Auch gut!“ Der Multijoin rollte durch den Raum und durch die offene Tür in das Spielzimmer. Dort blieb er neben der Kiste mit dem anderen Spielzeug stehen und rührte sich nicht mehr.

„Reihenuntersuchung!“ sagte jemand. „Wissen wir denn, was Hamiller mit uns anstellt? Speichert er unseren genetischen Kode, um uns später nachzuzüchten? Oder was tut er sonst? Ist er wirklich so um unsere Gesundheit besorgt?"

Niemand gab eine Antwort. Ein Jugendlicher, der hinaus auf die Straße ging, kehrte Sekunden später zurück.

„Roboter kommen!" rief er aus. „Roboter mit Fesselfeldprojektoren. Sie wollen uns mit Gewalt holen!"

„Das werden wir nicht zulassen!" knirschte der Mann, der Raggle vernichtet hatte. „Freiwillig gehen wir nicht mit!"

Marna fiel ihm in den Arm.

„Keine Gewalt mehr!" rief sie aus. „Dazu ist unsere Heimat zu wertvoll. Laßt uns nicht in Zerstörungswut enden!"

Die Roboter kamen heran. Die Maschinen sprachen kein einziges Wort. Sie hüllten die Männer und Frauen in Fesselfelder und schafften die Kinder herbei. Sie transportierten sie in die Medosektion, wo sie der Reihe nach untersucht wurden. Aus anderen Bereichen Laubenhains trafen weitere Roboter mit Patienten ein. Alle waren sie merkwürdig still, und auch Marna, die Kinder und die Nachbarn blieben stumm. Es hatte ihnen die Sprache verschlagen. Wie Vieh im Schlachthof wurden sie abgefertigt, auf Herz und Nieren geprüft und mit einem Unbedenklichkeitsstempel versehen. Sie erhielten mehrere Injektionen, dann wurden sie in einem Pulk zusammengefaßt und auf einer Antigravscheibe in Richtung der Hangars gebracht.

Marna begann zu schnuppern. Ein paarmal atmete sie kräftig durch.

„Schließt die Helme", sagte sie. „Wenn mich nicht alles täuscht, hat Hamiller den Sauerstoffgehalt der Atemluft erhöht, um uns in euphorische Stimmung zu versetzen und sich die Maßnahmen zu erleichtern."

„Mama, geht es jetzt los?“ fragte Lubjo. „Machen wir eine Reise nach Andromeda?“

„Ja“, antwortete Marna. Was hätte sie auch sagen sollen?

Ihre Stimme klang rauh, ihr Hals war ausgetrocknet. Sie versuchte Bodo zu erreichen, aber aus der Astrogator-Abteilung kam keine Antwort.

Leo Dürk hatte Hamiller längst durchschaut. Die Syntronik hatte eine Staffel von Energieschirmen aufgebaut und versuchte, sie auf diese Weise zum Aufgeben zu zwingen. Der Waffenmeister der BASIS dachte nicht daran, klein beizugeben. Verbissen kämpften sie sich von zwei verschiedenen Seiten in Richtung des Projektors vor. Drei Abschirmungen hatten sie bereits hinter sich, und die vierte mußte die letzte sein.

Aber auch da traute Dürk der Tube nicht. Er rechnete damit, daß sie weitere transportable Projektoren aufgeboten hatte, um den Steuersyntron des Segments zu schützen.

Zu dritt standen sie vor einer Wand, die einen der Versorgungskanäle abschloß. Die zwei Techniker, die ihn begleiteten, setzten ihre Signalgeber an und öffneten die Wand. Dahinter befanden sich die Energieleitungen.

Dürk zog den Strahler, der auf Desintegrieren geschaltet war. Er machte ein paar Schritte zurück und verstärkte die Energie seines SERUN-Schirms.

„Wir schießen gleichzeitig!“ sagte er. „Los!“

Die Desintegratorstrahlen fraßen sich in das Metall und lösten es auf. Überschlagsblitze von großer Stärke entstanden. Der SERUN meldete eine sprunghafte Erhitzung der Umgebung auf über fünfzig Grad. Leo trat zurück, als die Leitungen endgültig zerstört waren und kein Energiefluß mehr stattfand.

Außer dem ewigen Glockenklang des Heimatalarms

war nichts zu hören. Hamiller meldete sich nicht, und auch Roboter befanden sich nicht in der näheren Umgebung ihres Wirkungsfeldes.

Im Helmempfänger gab der SERUN wieder, was er an Funksprüchen aus den verschiedenen Schiffssektionen empfing. Überall befanden sich die Bewohner in Aufruhr. Keine Abteilung arbeitete mehr richtig, die Roboter waren allgegenwärtig. Niemand hätte jemals gedacht, daß die BASIS über so viele Maschinen verfügte. Sie waren überall, und die humanoid gestalteten Daniel-Roboter waren von Hamiller bewaffnet worden. Sie drängten die Männer, Frauen und Kinder zu Hunderten in Richtung der Hangars, wo die voll ausgerüsteten und startbereiten Schiffe auf sie warteten.

„Es ist der Exodus", murmelte Dürk verbissen. „Los, Beeilung! Wir müssen Hamiller aufhalten!"

Im Helmempfänger knisterte es, dann war die Stimme von Mehldau Sarko zu vernehmen.

„Es hat funktioniert. Ihr könnt vorrücken. Der Schirm über dem Syntron ist außer Betrieb!"

Er nickte seinen Begleitern zu. Sie hasteten den Gang entlang und durch die beiden Hallen bis zur Syntronik. Sie stellte eine von vielen tausend Steuersyntroniken in dem Giganten dar, und wenn sie die abschalteten und unbrauchbar machten, dann war das lediglich der Tropfen auf den heißen Stein. Selbst wenn sie davon ausgingen, daß sie mit diesem einen Syntron zwanzig Kopplungen außer Betrieb setzten, die nicht mehr gelöst werden konnten, dann sah die Bilanz nicht tröstlicher aus.

Dennoch, irgendwie mußten sie es versuchen.

Sie begannen mit der Arbeit. Die Syntronik bestand aus einem Gewirr ultraabgestimmter Felder, die reibungslos arbeiteten und eine Fülle von Funktionen ausführten. Leo beobachtete, wie Mehldau die Sicherung löste und seinen Kode eingab. Das Wunder geschah. Sein

Kode wurde akzeptiert, die Sperre löste sich. Hamiller hatte sich nicht die Mühe gemacht, die Syntrons zu manipulieren und mit neuen Kodes zu füttern. Das Projektorschema öffnete sich, und der Hangarmeister streckte die Hand nach dem Hauptschalter aus.

„Vorsicht!" meldete eine Holoschrift. „Sie setzen einen Teil der Funktionen dieses Sektors außer Betrieb. Wollen Sie dies tatsächlich tun?"

Sarko betätigte den Schalter und unterband damit die Energiezufuhr in den Syntron. Die vielschichtigen und sich überlappenden Energiefelder brachen augenblicklich in sich zusammen. Es knisterte und knatterte, und die Holoschrift verschwand. Das Gerippe der Schemas lag vor ihnen, und sie hätten die Arme in das Gerät stecken können, ohne etwas zu spüren.

„Der eignet sich höchstens noch als Nachtlager für Penner oder blinde Passagiere", knurrte Dürk zufrieden. „Wo ist der nächste?"

Mehldau Sarko schloß das Schema und rieb zufrieden die Handschuhe seines SERUNS.

„Hamiller wird es nicht einfach hinnehmen, Leo. Wir sollten zusehen, daß wir das gesamte Ding zerstören!"

Der Hangarmeister hatte recht. Dürk nahm seine Waffe und begann mit der Vernichtungsarbeit. Von dem Gerät mit den Ausmaßen eines Zimmers blieb nicht viel mehr übrig als ein Häufchen Staub, und was die Männer nicht mehr erwarteten, trat ein. Hamiller meldete sich.

„Sie sollten so etwas kein zweites Mal tun, Mr. Dürk", verkündete die Tube. „Sie gefährden die Ausführung des Befehls. Das darf ich nicht zulassen. Mit diesem Syntron wurde zudem ein wichtiger Teil meines Wissens vernichtet. Ich erkenne, daß viele Gruppen im Schiff unterwegs sind, um Zerstörungen anzurichten. Das darf ich nicht zulassen. Wo steckt Mr. Javier?"

„Das weiß ich nicht, Hamiller. Suche ihn! Er wird

irgendwo sein. Was willst du tun? Wir lassen uns unsere Heimat nicht einfach wegnehmen."

„Ihr zerstört sie."

„Und du? Du zerstörst sie auch!" Er wandte sich an seine Begleiter. „Los, verlieren wir keine Zeit! Hinauf zur Oberfläche! Wenn wir alle Steuersyntrons in den Außenbereichen desaktivieren, kann Hamiller die BASIS nicht zerlegen. Was nützt ihm dann die Funktionsfähigkeit der Geräte in den Innenbereichen?"

Sie rannten davon und ließen sich auch nicht dadurch aufhalten, daß Hamiller die Schleusenschotte blockierte. Sie schalteten die Automatik ab, und Leo Dürk registrierte mit einer gewissen Genugtuung, daß der Plan der Vollendung auch gewisse Einrichtungen vorgesehen hatte, die es den Menschen ermöglichten, Herren in ihrem eigenen Schiff zu bleiben und Fehlfunktionen der Automaten auszugleichen.

„Hamiller!" murmelte er, während sie hinaustrieben und an der Oberfläche der BASIS entlangrasten, ständig die drittnächste Mannschleuse im Visier. „Payne Hamiller! Du magst ein genialer Wissenschaftler gewesen sein. Aber wenn tatsächlich dein Gehirn in dieser Tube steckt, dann bist du zu einem Dummkopf degeneriert!"

„Die Antwort lautet: Bitte räumen Sie die BASIS innerhalb vier Stunden. Achtung, die BASIS ist innerhalb von vier Stunden zu verlassen. Wer sich dann noch im Schiff aufhält, dessen Gesundheit und Leben kann von mir nicht mehr garantiert werden!"

Weit voraus brach ein Teil der Außenschale der BASIS auseinander. Es bildete sich ein breiter Riß, dann waren zwei Segmente zu erkennen, die sich aus dem Untergrund lösten und hinaus in den Weltraum drifteten. Dazwischen entstand eine leuchtende Sonne, eingehüllt in ein Energiefeld, die mit hoher Beschleunigung davonraste und wenig später in etwa tausend Kilometer

Entfernung wirkungslos verpuffte. Leo ortete einen SERUN, der aus dem Loch heraustrieb und auf den nächsten Einstieg zusteuerte, der rechts von ihrer eigenen Flugbahn lag.

Sie erreichten die besagte Schleuse und drangen in das Schiff ein. Außer dem gleichbleibenden Geläute der Glocken vernahmen sie keine anderen Geräusche. Die SERUNS jedoch meldeten energetische Aktivitäten in einer Entfernung von zweihundert Metern. Das lag am Rand des Bezirks, in den sie vordringen wollten.

Leo Dürk überlegte. Die Transmitter waren abgeschaltet, Hamiller mußte seine Roboter also auch zu Fuß auf den Weg schicken. Es sei denn, sie benutzten bewegliche Kleintransmitter.

„Vorsicht!“ warnte er. „Wir haben schwere Stunden vor uns. Hamiller sucht die Konfrontation!“

8. *Kampf um die Heimat*

Laubenhain lag verlassen da. Es hielten sich keine Lebewesen mehr darin auf. Nur der Heimatalarm blieb allgegenwärtig.

Anthea und Jeffrey blickten sich stumm an. Der Endophysiker stieß gegen die Tür. Sie bewegte sich nicht, war aber auch nicht verriegelt. Der Wärmesensor reagierte nicht, die Automatik war ausgeschaltet. Im nächsten Augenblick erlosch das Licht in Laubenhain, und die SERUNS meldeten, daß der Sektor jetzt völlig ohne Energie war. Das bedeutete, daß auch die Gravoschleusen nicht mehr wie gewohnt funktionierten.

In dem Gebäude, vor dem sie standen, krachte und rumpelte es. Die Schwerkraft hatte ausgesetzt, und die Einrichtungen der Wohnungen folgten einer neuen

Schwerkraftrichtung, die von den umgebenden Sektoren bestimmt wurde, die offenbar noch funktionierten.

„Hamiller schaltet die BASIS von innen heraus ab“, zischte Jeffrey. Sie merkten von den Vorgängen nur deshalb nichts, weil die SERUNS die Einwirkungen neutralisierten. Anthea legte den Handschuh gegen die Tür und schob sie zur Seite. Sie glitten in das Gebäude hinein und suchten die Wohnung der Freunde auf. Wie immer stand die Tür offen. Die Wohnung war leer mit Ausnahme der verrutschten Möbel. Die Menschen hatten nichts zurückgelassen, was einen Hinweis ergeben hätte. Jeffrey koppelte die Eneregieversorgung seines SERUNS mit dem Interkom und fand den vagen Hinweis auf einen Hilferuf, den Bodo aus seiner astrogatorischen Abteilung abgegeben hatte. Mehr enthielt der Speicher nicht an Informationen, und Jeff koppelte den SERUN wieder ab.

„Hamiller, wo sind Marna und Bodo?“ fragte er.

„Tut mir leid, Sir, ich weiß es nicht. Marna und Lubjo befanden sich auf dem Weg zu Hangar IX/7/124, Ihr SERUN besitzt die Koordinaten. Mr. Upmark wurde von einem Sog aus der BASIS hinausgerissen, ist aber wieder in sie zurückgekehrt. Bitte fragen Sie mich nicht, wo er sich derzeit aufhält. Die Lage ist zu unübersichtlich. Es war mir leider nicht möglich, eine normale Evakuierung der BASIS durchzuführen. Menschen sind unberechenbar.“

„Sie sind auch nicht unberechenbarer als ihre Technik“, erwiderte Lakoitse. „Du hast bisher die Gründe für dein Handeln verschwiegen, Hamiller. Es ist klar, daß zwölftausend Menschen darauf nicht reagieren, als handle es sich um den Gang zur nächsten Mahlzeit.“

„Sir, ich darf Ihnen versichern, daß es ihnen an Bord der Schiffe an nichts fehlen wird. Ich hatte genügend Zeit, alles vorzubereiten, was nötig ist. Die Schiffskapazitäten sind für zwölftausendachthundert Besatzungsmitglieder ausreichend. Es wird eine Reihe von Schiffen übrigbleiben. Sie werden innerhalb der BASIS eingemottet. Bitte richten Sie Mr. Javier aus, er möge Verständnis haben. Es tut mir leid. Ich kann wirklich nichts dafür. Ich handle auf höheren Befehl!"

„Das ist ein alter Hut", fiel Anthea ein, die mithörte. „Wir möchten wissen, warum du es tust. Was hat NATHAN veranlaßt, dir einen solchen Befehl zu geben?"

„Es tut mir leid, Madam, aber ich ..."

„Hör auf!" schrie Jeffrey. „Du bist gestört. Du solltest dich vernichten."

„Sir, ohne mich ist die BASIS nichts mehr wert. Bitte denken Sie immer daran: Solange es mich gibt, ist das Schiff lediglich zerlegt. Wenn ich ausfalle, dann ist es verloren! Sind Sie nicht meiner Meinung, daß die Heimat der Bewohner auf alle Fälle erhalten werden sollte?"

„Rede mit Javier darüber, Blechkasten", schimpfte die Tefroderin. Sie konnte die Stimme der Tube nicht mehr hören. Jedesmal, wenn Hamiller ein Wort sagte, begannen in ihr die Gefühle zu toben. Dann wäre sie am liebsten zu jenem Raum mit der silbernen Wand geeilt und hätte eine Transformbombe hineingeworfen.

Hamiller antwortete nicht, und die beiden machten sich auf in Richtung der Hangars. Sie bewegten sich parallel zur Abschaltung der Sektoren vorwärts, und die Flugaggregate ihrer SERUNS trugen sie davon, als befänden sie sich draußen im Leerraum. Ab und zu mußten sie die Richtung wechseln, wenn sie an einen Übergang zwischen zwei Sektoren kamen. Hamiller desaktivierte einen nach dem anderen. Die Atemluft wurde abgepumpt, die Schwerkraft verschwand. Alle Anlagen waren außer Betrieb, und ab und zu begegneten sie Kolonnen von Arbeitsrobotern, die Maschinen transportierten oder Teile von Sektoren unzugänglich machten, indem sie die Eingänge entfernten und die Löcher so verschweißten, daß keine Spur zurückblieb. Die BASIS verwandelte sich langsam, aber sicher in ein totes Gebilde, das starb wie ein Apfel, der von innen nach außen faulte.

Anthea begann plötzlich zu schluchzen und hatte Mühe, die Kontrolle über sich zu behalten:

Gemeinsam beschleunigten sie ihren Flug und erlebten, wie die benachbarten Sektoren fluchtartig geräumt wurden. Hier mußte Hamiller keine Roboter einsetzen, die Menschen und die wenigen Fremdrassigen gingen von selbst. Sie wußten, was sich im Zentrum des Giganten abspielte, und es blieb ihnen nur die Möglichkeit, rechtzeitig zu weichen, bevor das Unvermeidliche sie einholte.

Es war, als würde eine große Leere die BASIS überschwemmen.

Sie wichen von ihrer Route ab. Sie wollten nicht in den Massen aus Leibern steckenbleiben, die durch die Korridore und in die Antigravschächte drängten. Die Transmitter waren außer Betrieb, eine Vorsichtsmaßnahme Hamillers. Die Benutzung der Transmitter hätte zu einem Chaos geführt, und es lag durchaus im Bereich des Denkbaren, daß es zu Transmitterunfällen gekommen wäre.

Da alle Bewohner des Schiffes ihre SERUNS trugen, spielte es keine Rolle, wenn einmal ein Antigravschacht nicht funktionierte. Es kam niemand zu Schaden.

Anthea versuchte, die Hauptleitzentrale im Bug zu erreichen. Es meldete sich niemand, aber Sandra Bougeaklis hatte eine Nachricht hinterlassen, daß sie um achtzehn Uhr dort sein würde.

Bis dahin waren es noch zwei Stunden. Punkt achtzehn Uhr lief das Ultimatum ab.

Der Terraner und die Tefroderin blickten sich durch

die Helmscheiben an. In ihrem Blick lag ein unausgesprochenes Einverständnis. Sie hielten es für selbstverständlich, daß auch sie die Stellung halten würden.

Ihre SERUNS lieferten ihnen mehrere Meldungen. In der Nähe der Großschleuse wurde gekämpft. Dort hatten sich annähernd tausend Bewohner verschanzt und kämpften gegen eine Horde von etwa fünfhundert Robotern. Die Lage war kritisch, denn Hamiller besaß keine Kontrolle über die Hangars mehr. In diesem Stadium der Entwicklung hatte es auch keinen Sinn, sie wiederherzustellen. Hamiller fragte mehrmals nach Javier, ohne eine befriedigende Antwort zu erhalten. Der Kommandant und seine engsten Mitarbeiter waren wie vom Erdboden verschluckt.

„Was tun wir?“ fragte Anthea, als sie an eine der Mittelschleusen kamen. Zweihundert Meter über ihnen befand sich einer der Schachtausgänge an die Oberseite der BASIS. „Greifen wir ein?“

„Nein, laß“, meinte Jeff. „Es gibt Berufenere, dies zu tun, und ich bin mir sicher, daß sie es auch tun. Laß uns nach Marna, Bodo und dem Kleinen suchen!“

Ein Signal übertönte seine Stimme. Wieder war es Hamiller.

„Achtung, aufgrund einer beschleunigten Entwicklung im Schiffszentrum weise ich darauf hin, daß die letzten Beiboote die BASIS um siebzehn Uhr fünfundvierzig verlassen haben müssen!“

„Weißt du was, Hamiller?“ Jeffrey startete durch und raste einen Korridor entlang in Richtung der rechten Schiffsseite. Fünfeinhalb Kilometer Weg bis zu den Außensektoren lagen vor ihnen. „Du kannst uns den Buckel runterrutschen. Wir halten uns an deinen Zeitplan. Mehr kannst du nicht verlangen.“

Daß er immer noch hoffte, das verschwieg er. Er

wollte die Syntronik nicht auf dumme Gedanken bringen.

Lakoitse hoffte, daß es doch noch gelang, Hamiller aus dem Verkehr zu ziehen.

Und Anthea hoffte mit ihm.

Das Singen der Strahler tat in den Ohren weh, und Herth ten Var ließ den SERUN die Außenmikrofone zurückschalten. Er beobachtete den brodelnden Kessel des Hangars, in dem sich mehr als tausend Bewohner gegen halb so viele Roboter zur Wehr setzten. Die Männer und Frauen hatten sich hinter den Beibooten veschanzt und nahmen gruppenweise die Maschine unter Beschuß. Bei einigen hatten sie Glück. Mehr durch Zufall trafen die Energiestrahlen auf ein und dieselbe Stelle. Unter dem Punktbeschuß entstand eine winzige Lücke im Schutzschirm der Automaten. Die Energie drang in die stählernen Körper vor und brachte Aggregate zum Schmelzen. Die Schirme erloschen, die Roboter brachen in sich zusammen und blieben als Trümmerhaufen liegen.

Ten Var wandte sich ab und änderte seinen Standort. Er flog hinter den Beibooten entlang zur anderen Seite des Hangars. Er hatte einen Mann in einem grauen Overall entdeckt, der sich wie viele andere hinter den Landestützen eines Schiffes versteckte. Der graue Overall entpuppte sich als leichter Raumanzug, und eine Peilung ergab, daß der Mann kein Schutzschirmaggregat zur Verfügung hatte.

„Der ist lebensmüde“, stieß der Ara zwischen den Zähnen hervor. Er hielt auf den Mann zu und sah das Unheil kommen. Er wollte noch einen Warnruf ausstoßen, aber es war zu spät. Einige der Männer und Frauen, die sich das Gefecht mit den Robotern lieferten, waren im Umgang mit den Waffen nicht besonders geübt und wohl auch viel zu aufgeregt. Sie trafen alles, nur nicht die Maschinen. Ein verirrter Strahl zuckte zwischen den Landestützen hindurch und traf den Mann. Er stieß einen Schmerzensschrei aus, ließ die Waffe fallen und sank zu Boden. Sekunden später landete Herth bei ihm und beugte sich über ihn.

„Helft mir!“ rief er über den Helmfunk.

Er richtete sich auf und blickte sich suchend um. Keiner schien ihn zu hören, obwohl ihn alle hören mußten. Er löste sich aus der Deckung und fuchtelte mit den Armen. Die Roboter entdeckten ihn als erste. Der SERUN meldete, daß sie ihn mit Paralysestrahlen aus dem Verkehr ziehen wollten.

Hastig kroch der Ara nach hinten zwischen die abgestellten Antigravscheiben hinein und zog den Verletzten mit sich. Der Mann blutete aus einer Wunde an der Schulter. Er rührte sich nicht, der Schmerz hatte ihn ohnmächtig werden lassen. Herth ten Var gab dem SERUN den Befehl, den Schirm auf größtmögliche Weite auszudehnen. Er ließ eine Strukturlücke entstehen und griff nach dem Liegenden. Vorsichtig zog er ihn zu sich hinein in den Schirm. Er packte ihn unter den Armen und richtete ihn auf. Der SERUN schuf ein Feld, das ihm das Gewicht des Reglosen abnahm. Der Schirm schloß sich, und Var aktivierte das Flugaggregat und verließ den Boden des Hangars. Er raste auf einen der Ausgänge zu, aber dort schimmerte ein blaßrosa Vorhang. Es gab nirgends ein Durchkommen. Hamiller hatte alle Ausgänge abgeriegelt.

Aus den Augenwinkeln heraus gewahrte der Ara, daß jemand dem SERUN Signale gab. Es handelte sich um zwei Daniel-Roboter. Sie brachten eine der Antigravscheiben und forderten den Arzt auf, den Verwundeten darauf zu legen.

„Hamiller beobachtet, was geschieht. Es darf niemand

zurück in die BASIS, aber wir werden ihn in einen der Kreuzer bringen, wo er sofort versorgt werden kann!"

„Ist gut. Ich komme später und sehe nach ihm!"

Var übergab ihnen den Mann und tauchte dann wieder im Gewühle der Leiber unter. Er mußte herausfinden, wo der Transmitter stand, durch den die Roboter scharenweise gekommen waren, um die Bewohner der BASIS in die Schiffe zu drängen. Es gelang ihm, sich ohne Schutzschirm durch den Pulk vor den Schiffen hindurchzuarbeiten und auf die Rückseite des Hangars zu gelangen, in die Nähe der Bogentore. Noch immer quollen Roboter aus ihnen hervor, kegelförmige Modelle vom Typ TARA-Uh, die er als reine Kampfroboter kannte. Er sah aber auch Maschinen, die lediglich für die Verrichtung diverser Tätigkeiten konstruiert waren. Die Zahl der Daniels nahm beträchtlich zu, und Herth beobachtete, wie sie sich unter die Menschenmenge mischten und versuchten, diese von ihrem Tun abzuhalten.

Der Ara wußte, warum die Männer und Frauen sich so energisch zur Wehr setzten und keinen Zentimeter Boden preisgeben wollten. Javiers Flüsterpropaganda hatte sich bis in den letzten Winkel der BASIS verbreitet. Der Kommandant ließ mitteilen, daß noch nicht alles verloren sei und man nicht überstürzt die Flucht ergreifen solle.

Herth wußte, was Javier plante und bereits durchführte, aber er zweifelte langsam, ob es ihm gelingen würde, die Rettungsmaßnahme rechtzeitig zu Ende zu führen.

Zwischen den Robotern hindurch schlüpfte er durch das mittlere Tor und drückte sich in eine Nische. Auf dieser Seite der Halle hatte Hamiller darauf verzichtet, die Ausgänge mit Schirmen abzugrenzen. Die Roboter nahmen die Gegenwart des Bordarztes wahr, aber sie ließen ihn gewähren, denn sein SERUN sandte ununterbrochen das Kodesignal des Chefarztes aller BASIS-Mediker.

Eine Lücke entstand in der Kolonne. Herth nutzte sie und bewegte sich fünfzig Meter von dem Hangar weg. Er gelangte an den Antigravbahnhof und musterte die Schächte. Einer von ihnen war von einem leichten Flimmern umgeben. Das war das Transmitterfeld, durch das die Roboter gekommen waren. Der Ara rannte hinüber und betrachtete das Bedienungsfeld. Kurz entschlossen zog er seine Waffe und zerstörte es. Das Transmitterfeld brach zusammen. Ein Daniel-Roboter, der gerade materialisierte, war von dem Vorgang betroffen. Kopf und Oberkörper verstofflichten und polterten zu Boden. Der Unterkörper mit den Beinen fehlte. In der Maschine entstanden Kurzschlüsse, eine dünne Rauchsäule stieg auf. Der Daniel rollte mit den Augen, dann hörte er auf zu funktionieren.

„Du hast es geschafft!“ stellte eine Stimme im Helmempfänger des Aras fest. „Aber ist das wirklich nötig, Herth ten Var? Wenigstens von dir habe ich mir mehr Umsicht erwartet!“

„Ich bin Arzt, Hamiller“, gab er zur Antwort. „Mir liegt nicht nur das körperliche, sondern auch das seelische Wohl der Bewohner am Herzen. Du scheinst nicht zu wissen, was du anrichtest. Du stürzest über zwölftausend Individuen in schlimme seelische Krisen. Niemand verspürt das Bedürfnis, dieses Schiff zu verlassen, das seine Heimat ist. Hast du dir darüber schon einmal Gedanken gemacht?“

„Ja!“

Es dauerte eine ganze Weile, bis Hamiller fortfuhr. Ten Var hatte inzwischen die Antigravschächte inspiziert und festgestellt, daß sich in ihnen keine weiteren Roboter mehr näherten.

„Herth?“ frage Hamiller. „Ich weiß, daß ich die Funktion nicht mehr erfülle, die ich bisher in diesem Schiff innehatte. Es ist mir verboten worden, Herth. Der Befehl, den ich erhalten habe, macht alles andere ungültig. Ich befinde mich in keiner beneidenswerten Situation. Wenn es jemals eine Syntronik mit Emotionen gegeben hat, dann bin ich sie. Wenn ich gegen den Befehl handle, bedeutet das automatisch meine Selbstzerstörung.“

„Und du bist natürlich wichtiger als zwölftausend Lebewesen, die heimatlos werden!“

„Ja, Herth ten Var. Mein Herz ist wich . . .“

„Was?“ rief der Ara aus. „Höre, Hamiller, wenn du auf meine Tränendrüsen drücken willst, dann hast du damit keinen Erfolg!“

„Ende der Unterhaltung. Es ist siebzehn Uhr fünfundvierzig. Ich mache Sie darauf aufmerksam, daß der Aufenthalt in der BASIS ab sofort nur auf eigene Gefahr möglich ist!“

Der Ara unterdrückte einen Fluch.

„Du zerlegst das Schiff. Du dezentralisierst die BASIS!“

„Ja, Sir. Ich habe keine andere Wahl!“

Der Mediker eilte davon, zurück in den Hangar. Die Roboter hatten sich zurückgezogen und verschwanden durch verschiedene Ausgänge. Die Öffnung, durch die ten Var den Hangar verlassen hatte, wurde jetzt ebenfalls durch einen Prallschirm abgegrenzt, der nur vom Korridor her durchlässig war.

„Hört her!“ meldete er sich über Funk. „Stellt das Schießen ein. Es hat keinen Sinn. Wartet einfach ab, was geschieht. Und seht zu, daß ihr euch nicht in Gefahr begebt!“

Die Männer und Frauen murrten, aber sie sahen ein,

daß ihre Aktion sinnlos war. Sie scharten sich um die Schiffe und führten laute Gespräche miteinander.

Der Ara blieb eine Weile bei ihnen und suchte nach weiteren Verwundeten. Er fand keine, und so versuchte er, den Hangar zu verlassen. Es ging nicht. Er rief Hamiller, aber die Tube gab ihm keine Antwort.

Noch immer dröhnten die Glocken durch die BASIS und riefen den Bewohnern schmerzhaft in Erinnerung, was los war.

Ein Raunen ging plötzlich durch die Menge, erste Schreie klangen auf. Der Hangar begann sich zu bewegen. Er brach in der Mitte auseinander, und der Spalt verbreiterte sich rasend schnell. Nach einer halben Minute war er bereits zwei Meter breit.

Wieder tauchten Roboter auf und verkündeten Warnungen. Aus den Schiffen meldeten sich Automatenstimmen und wiesen darauf hin, daß es zu einer Katastrophe kommen würde, wenn die Menge nicht endlich einschleuste.

Eine der Space-Jets, die auf ihren Spinnenbeinen genau über dem Riß stand, begann zu rutschen. Die Hälfte ihrer Landestützen verlor den Boden. Die Jet krachte gegen den Untergrund. Ein Teil des Bodenbelags splitterte ab und spritzte in gefährlich scharfen Stücken nach allen Seiten. Der Diskus rutschte weiter, während der Spalt im Boden wuchs.

Fünf Meter, dann zehn Meter.

Die Menge war zurückgewichen, und sie erkannte, daß eines der großen Beiboote in ähnlicher Gefahr war.

„Los, geht endlich in die Schiffe!“ brüllte Herth ten Var. „Es gibt keinen anderen Ausweg. Hamiller kann nichts ändern. Er hat über die Hangars und die Boote keine Steuergewalt!“

Endlich schien der Bann gebrochen, und die Menge verteilte sich. In dichter Folge betraten sie die Zugfelder, die bereits seit einer Weile aufgebaut waren. Die Männer und Frauen wurden hinaufgeholt in die Leiber der Diskusse und Kugeln, aber dennoch war die Gefahr nicht gebannt. Das Einschleusen von über tausend Personen nahm etliche Zeit in Anspruch, und in dieser klaffte der Riß im Boden bereits zwanzig Meter auseinander. Die Space-Jet stürzte kopfüber nach unten, verschwand durch den Energieschirm ins Bodenlose, stürzte in freiem Fall in das All hinaus.

„Die Luft wird abgepumpt", schrie jemand. „Bringt euch in Sicherheit!"

Herth kommunizierte über den Pikosyn mit dem SERUN des Terraners. Dieser war teilweise beschädigt, der SERUN nahm seine Funktionen nur unvollkommen wahr und verabreichte auch kein Beruhigungsmittel.

Ten Var aktivierte sein Flugaggregat und raste dicht über der Menge auf den Mann zu. Er nahm ihn ins Schlepptau und bugsierte ihn hinüber zu einem der Zugstrahlen. Er stieß ihn einfach ins Feld.

„He!" machte er plötzlich. „Bist du nicht Upmark?"

Hinter der Helmscheibe starrte ihn ein bleiches Gesicht an.

„Ja, Herth. Marna und der Junge sind schon da oben!"

Irgend etwas an dem Astrogator irritierte den Arzt. Er kommunizierte mit dem Syntron des Schiffes. Es stellte sich heraus, daß Marna Upmark nicht an Bord war. Sie befand sich auch nicht in einem der anderen Schiffe und nicht im Hangar.

Herth wies den Syntron an, Bodo Upmark sofort in die Medostation zu bringen und ihn zu beobachten.

„Viel Glück", sagte er noch. Dann hatte das Zugfeld den Mann bereits durch die Öffnung in das Schiff geholt.

Marna und der Kleine befanden sich nicht in Hangar IX/7/124. Sie hielten sich auch in keinem der Boote auf, und eine Funkanfrage bei den Kreuzern ergab nichts Konkretes. Es war, als seien die beiden spurlos verschwunden.

Auch von Bodo fehlte nach wie vor jede Spur.

In den Korridoren rund um die Hangars herrschte ein Gedränge, daß es unmöglich war, sich schnell vorwärts zu bewegen. Anthea deutete auf einen Reparaturschacht, dessen Abdeckung offenstand. Hintereinander warfen sie sich hinein und trieben nach unten, dem Außenbereich des Schiffes entgegen. Sie waren weit von der Hauptebene abgekommen, und Jeffrey hatte Mühe, sich mit Hilfe des Pikosyns zu orientieren. Der Pikosyn bezog seine Standortberechnungen auf die Impulse, die er gewöhnlich vom Syntronnetz empfing. Jetzt existierte dieses Netz nicht mehr, nur die Steuersyntrons für die Dezentralisierung arbeiteten noch. Und sie besaßen kein Programm, mit dem der Pikosyn etwas anfangen konnte.

Auch in den Außenbezirken des Giganten wurde es dunkel. Die BASIS hatte begonnen, sich zu zerlegen, und die Zahl der Segmente nahm stetig zu, die sich aus der Schale des Schiffes lösten. Mitten durch den Schacht, in dem sich der Mann von Pinterville und die Tefroderin bewegten, führte ein Riß, der sich bewegte. Hier verschoben sich zwei Segmente gegeneinander, und als Anthea einen Blick zurückwarf zu der Stelle, die sie soeben passiert hatten, da hatte sich der Schacht bereits so weit bewegt, daß die Schnittstellen nicht mehr aufeinander paßten und die Röhre nur noch halb so breit war. Es paßte niemand mehr hindurch.

Anthea schloß zu Jeffrey auf.

„Jetzt ist der Vorgang nicht mehr rückgängig zu

machen“, sagte sie. „Waylon hat es gutgemeint, aber er hat sich getäuscht.“

Lakoitse erreichte das Ende des Schachtes und hielt an. Er öffnete den Ausstieg und kletterte auf eine Rampe hinaus, deren vorderes Ende fehlte. Was zuvor eine Gerätehalle direkt unter der Außenhaut der BASIS gewesen war, bestand jetzt aus einem Gitterwerk verschieden zueinander geneigter Böden und Wände, bei denen nicht zu erkennen war, was einstmals tatsächlich der Fußboden gewesen war. Es ließ sich lediglich mit Hilfe der Aufschriften neben den ehemaligen Türen bestimmen.

Geradeaus gähnte ein finsteres und düsteres Loch, in dem zwei- oder dreimal ein Licht vorbeihuschte.

Es war der Weltraum, und während Lakoitse durch die Schwerelosigkeit glitt, tauchte mit einemmal ein ferner, milchiger Nebel in seinem Blickfeld auf, nicht so klar und nah wie Pinwheel oder Fornax, sogar noch eine Million Lichtjahre weiter weg als die Andromeda-Galaxis.

Es war die Milchstraße. Aus ihr stammten fast alle Bewohner der BASIS. Anthea und ein paar andere Wesen waren eine Ausnahme.

„Unsere Freunde sind dort“, sagte er leise und deutete hinaus. „Was ist mit Adams, Deighton und all den anderen? Unser Schiff, das wir zu ihnen geschickt haben, wann wird es ankommen? Morgen oder übermorgen?“

Anthea überholte ihn und flog aus dem Segment hinaus. Sie beschrieb einen Bogen über die Oberfläche der BASIS und eilte davon. Jeffrey folgte ihr hastig. Hoch über ihnen hingen kleinere Gruppen von Bordfahrzeugen, Jets, Korvetten und Kreuzer. Sie bildeten regelrechte Trauben, die ohne nennenswerte Geschwindigkeit über der BASIS entlangzogen.

Mit hoher Beschleunigung legten die Frau und der Mann über zwei Kilometer zurück, bevor sie die Aggregate drosselten und ihre Geschwindigkeit verringerten. Eine der Hangarschleusen tauchte vor ihnen auf. Sie stand offen, und sie beobachteten eine Korvette, die mit minimalem Schub ihres Feldantriebs aus dem finsteren Innern heraufstieg und sich bis auf zwei Kilometer vom Mutterschiff entfernte. Ihr folgte eine Space-Jet, und danach verließen zwei Leichte Kreuzer von hundert Metern Durchmesser den Hangar. Ein Stück weiter, unmittelbar vor dem Krümmungshorizont der BASIS schoben sich mehrere Segmente aus dem Gesamtkörper hinaus und hinterließen schrundige und zackige Abgründe. Ein paar Positionslichter glommen auf, als die Segmente sich drehten und auf einen Querkurs gingen, bei dem sie in knapp zehn Metern Abstand aneinander vorbeitrieben. Die Segmente waren von unterschiedlicher Größe, eines mit einer Gesamtlänge von über hundert Metern und einer Breite an der Außenrundung von sechzig Metern. Das nächste war höchstens halb so groß und besaß eine völlig andere Form. Das dritte glich einem Ellipsoid mit einer Kegelspitze.

Einzeln und für sich ergaben diese bizarren Teile keinen Sinn. Es war ihnen nicht anzusehen, welche Funktionen ihre Teile und ihre teilweise halbierten Räume in dem großen Ganzen erfüllt hatten.

„Wieder nichts“, stieß Anthea hervor. Sie hatte die Schiffe und den Hangar nach Marna, Bodo und dem Jungen abgefragt. In dem Funksalat, der teilweise herrschte, war es ein Wunder, daß sie durchgekommen war. „Wo können sie bloß sein?“

„Wir müssen es in Richtung Heck versuchen“, schlug Jeffrey vor. „Laubenhain liegt zentral. Sie können in jede Richtung gegangen sein!“

Sie rasten weiter und umrundeten das halbe Schiff. Sie funkten einen Hangar nach dem anderen an. Sie kamen zur Großschleuse und hatten die gesamte Oberseite der BASIS abgesucht.

Inzwischen war es siebzehn Uhr fünfundfünfzig.

„Hier Hamiller!“ hörten sie die Stimme der Tube. „In fünf Minuten ist die BASIS ohne Energie. Tragen Sie Sorge, daß bis dahin alle benötigten Schiffe das Innere verlassen haben.“

„Hamiller!“ schrie Anthea. „Wo steckt Marna Upmark, wo Lubjo? Wo Bodo? Wo ist Javier?“

„Marna befindet sich vermutlich im Zentralhangar auf der Unterseite, Anthea. Mehr kann ich nicht sagen. Meine Verbindungen zu den Hangars existieren doch so gut wie nicht mehr. Lediglich die Funkempfänger der Segmentsteuerung sprechen auf meine Impulse an. Meine Roboter haben die wenigen zerstörten Syntrons durch neue ersetzt. Die Dezentralisierung kann nicht mehr aufgehalten werden. Wo Mr. Javier steckt, weiß ich auch nicht. Alles Gute, Anthea und Jeffrey!“

Sie verkniffen sich eine Antwort. Hamiller meinte es nicht so, aber seine Worte klangen doch wie Spott und Hohn in ihren Ohren. Die Tube war sich dieser Tatsache vielleicht sogar bewußt. Aber sie besaß nicht die Möglichkeit, sich anders zu verhalten, als sie es tat.

Wieder beschleunigten sie und umrundeten das halbe Schiff, vier Kilometer zum Wulst, um den Wulst herum und sechs Kilometer bis zum unteren Zentralhangar. Überall funkten sie, aber manche Boote gaben keine Antwort. Ihr Funksystem war überlastet.

Die Uhr zeigte Viertel nach sechs, und der Nahbereich über der BASIS wimmelte von dem Gemisch aus Schiffen und Segmenten, das sich bildete.

Jetzt wußten sie endgültig, daß es kein Zurück mehr gab.

„Wir haben drei Dinge zu tun", stellte Anthea fest. „Marna finden, ein Schiff mit Ziel Andromeda suchen und nach der Zentrale-Besatzung suchen. Können wir uns dreiteilen?"

„Wir bleiben zusammen, Maus. Nichts könnte mich in dieser Situation von deiner Seite bringen."

Zehn Minuten später fanden sie die Laubenhainer in zwei aneinandergedockten Space-Jets. Es war Zufall, daß sie aus dem Gewirr von Funksprüchen heraushörten, daß es Bewohner der Sektion aus dem Zentrum der BASIS waren. Sie stellten Kontakt her und versprachen, Bodo zu suchen und die Familie zusammenzuführen.

Noch einmal meldete sich Hamiller. Er wies darauf hin, daß die Segmente einen großen Aktionsradius benötigten und sich die Beiboote und Kreuzer weiter zurückziehen sollten.

Sie taten es, und Anthea und Jeffrey entdeckten das Ultraschlachtschiff hoch über der Heimat. Die Kugel mit ihren 2 500 Metern Durchmesser hing reglos dort oben.

„Anthea an MARCO POLO ZWEI", funkte sie. „Wir wollen nach Andromeda."

„Hier Tioranos. Da seid ihr bei uns richtig. Wir versuchen, uns nach M 31 durchzuschlagen!"

„Wartet auf uns!" bat Jeffrey. „Wir kommen sobald wie möglich!"

Sie schufteten wie Kanalarbeiter. Meter um Meter arbeiteten sie sich vorwärts, und manchmal entstand der Eindruck, als wollten sie sich durch das ganze Schiff wühlen. Keiner von ihnen trug einen Schutzanzug, auch Javier und Bougeaklis nicht. Ein Absorbergürtel aus weichem Plastik mit einer Aufnahmekapazität von einer halben Stunde sorgte dafür, daß ihre Körper keine Wärme an die Umgebung abstrahlten. Ein winziger Empfänger, der auf der Grundlage der Körperelektrizität arbeitete, projizierte einen Teil des Funkverkehrs in das linke Innenohr des Kommandanten. Er hörte alles mit und erlangte so Kenntnis davon, daß Hamiller nicht wußte, wo er sich aufhielt.

Javier ließ sich nicht davon beeindrucken. Mit dem Ärmel seines Kittels wischte er ein paar Schweißtropfen weg, die sich auf seiner Stirn gebildet hatten.

Ich kriege dich noch, Hamiller, dachte er. Du denkst, daß ich es dir leichtmachte, aber da hast du dich getäuscht.

Er hielt einen Augenblick inne und sah sich um. Zu viert zwängten sie sich durch den Zwischenboden, durch eine Lücke abseits der Energiekupplungen. Hinter Sandra robbten Ünver und Eurydike. Die vier Menschen wußten, daß sie sich in Lebensgefahr befanden. Positionslichter, die im Abstand von etwa fünfzig Metern angebracht waren, beleuchteten ihren Weg und dokumentierten, daß es sich bei dem Zwischenboden um einen Hohlraum handelte, der zwei Segmente trennte. Mit anderen Worten, wenn sich die Segmente auseinanderbewegten, würde hier im Hohlraum zuerst die Luft entweichen.

Javier lauschte nach innen. Er trug keine Uhr und verließ sich ganz auf sein Zeitgefühl.

Sie hatten höchstens noch eine Viertelstunde bis achtzehn Uhr.

„Schneller!" hauchte er kaum vernehmbar. Er rutschte auf dem Bauch voran und stauchte sich dabei die Rippen. Schmerz zuckte durch die linke Seite seines Brustkorbes, aber er achtete nicht darauf. Ein Viertelkilometer höchstens lag noch vor ihnen, und sie hofften, daß sie mit den eigentlichen Arbeiten in einer weiteren Viertelstunde fertig sein würden. Anschließend ging es nur noch darum, in das Versteck zurückzukehren, die Anzüge anzuziehen und hinaus zu den Schiffen zu gelangen. Dort würde man weitersehen.

Javier wußte, daß es die einzige Chance war, die ihnen noch blieb. Hamiller war nicht erpreßbar, und der bereits eingeleitete Vorgang ließ sich nicht rückgängig machen. Aber warum sollten die Menschen und andere, die ihre Heimat zu verlieren drohten, nicht den Spieß umkehren und ihrerseits Hamiller vor vollendete Tatsachen stellen?

Das war die Idee gewesen, die Javier gehabt hatte, und sie hatte ihn so überzeugt, daß er umgehend darangegangen war, sie zu verwirklichen. Die anderen Einsätze, bei denen Kopplungssyntrons außer Betrieb gesetzt werden sollten, waren reine Ablenkungsmanöver, und wie es schien, war Hamiller darauf hereingefallen.

Langsam wurde die Luft knapp in dem Zwischenboden. Schlecht genug war sie sowieso. Sie enthielt viel zu wenig Sauerstoff, und keiner der vier vermochte zu sagen, ob sie nicht giftige Substanzen einatmeten, die die Lungen zerfraßen.

Die Viertelstunde verging, ohne daß sie das Ziel erreicht hatten. Hamiller gab eine letzte Meldung an die Bewohner durch, danach beschränkte sich sein Funkverkehr auf verschiedene Hinweise. Und er suchte immer noch nach Javier.

Waylon biß die Zähne zusammen. Er holte die letzten Kraftreserven aus seinem Körper heraus und spornte sich auf den letzten hundert Metern an. Neben ihm lief noch immer die Schiene, sie konnten deren Ende nicht verfehlen.

Endlich, nach einer halben Ewigkeit, tauchte die

Abschlußwand vor ihnen auf. Waylon erkannte die Bolzenkupplungen und schob den rechten Arm nach hinten.

„Verteilt euch", flüsterte er. „Jeder nimmt ein Areal von zehn Stück. Und arbeitet von außen nach innen!"

Sie schoben sich aneinander vorbei und kamen seitlich an den Kupplungen zu liegen. Es bedurfte einer ungeheuren Kraftanstrengung, die einzelnen Abdeckungen zur Seite zu wuchten, die Sicherungshebel umzulegen und die Bolzen in ihren Hochdrucklagern nach hinten auszufahren. Es klickte jedesmal laut, als sich das Magnetfeld von selbst abschaltete und die Kupplung endgültig freigab.

Ein Zittern ging durch den Fußboden und begleitete den Vorgang. Javier stieß die Luft durch die Zähne und stöhnte leise.

„Nicht jetzt", flehte er. „Tu es nicht jetzt!"

Die letzte Kupplung klemmte, aber durch das Zittern rüttelte sie sich langsam frei. Javier riß den mindestens sechs Meter langen Bolzen zurück und arbeitete sich dann unter denen hervor, die er bereits gelöst hatte.

„Zum Ausstieg, schnell!"

Sie robbten den Weg zurück, diesmal keine fünfzig Meter. Das Zittern des Zwischenbodens verstärkte sich, und die Decke über ihnen summte unter den Vibrationen. Ünver ereichte den Notausstieg als erster und fingerte am Mechanismus. Lautlos schwang die Decke nach oben, und eine Flut greller Lampen blendete sie. Sie atmeten auf.

Die Randsektoren zwischen Bug und BASIS waren noch nicht desaktiviert, Hamiller behielt sich das Vorderteil bis zuletzt vor. Schwitzend und verdreckt kamen sie aus dem Loch heraus und rannten in Richtung Zentrale. Ein Gleitband nahm sie auf und brachte sie innerhalb von zehn Minuten an ihr Ziel. Es ging gegen halb sieben, und Hamiller empfing sie mit einer Beschwerde.

„Diesmal haben Sie die Unwahrheit gesagt, Mr. Javier“, teilte er mit. „Das letzte Mal sagten Sie Lebewohl, so als sollten wir uns nicht wiedersehen. Im übrigen mache ich Sie darauf aufmerksam, daß, wenn Sie die BASIS nicht sofort verlassen, ich Sie als meine Gefangenen betrachte!“

„Hamiller, wer war der heimliche Besucher, der dir den Befehl überbracht hat?“

„Kein Kommentar, Sir!“

„Waylon, ich glaube, ich weiß es!“ Sandra trat neben ihn und faßte nach seiner Hand. „Hilf mir nachdenken. Den Befehl, daß die BASIS den Standort X-DOOR nicht verlassen sollte, konnte ein gewöhnlicher Schiffssyntron oder eine Kommandantin wie Sheela Rogard überbringen. Aber der Befehl, die BASIS zu zerlegen und über zwölftausend Menschen ihrer Heimat zu berauben und der Ungewißheit auszusetzen, bedurfte einer fälschungssicheren Übermittlung und einer Person oder einer Möglichkeit, die das gewährleistete. Ich kenne nur eine!“

Javier schlug sich gegen die Stirn.

„Natürlich, du hast recht. Hamiller, der Besucher war Anson Argyris! Der Vario-500 hat dir die direkte Botschaft NATHANS übermittelt. Langsam wird mir ein Zusammenhang klar. Ich sehe die Linie Ellert-NATHAN-Argyris. Ja, ich glaube dir, daß du im Interesse der Menschheit handelst. Du kannst gar nicht anders. Und dennoch handelst du falsch. Es muß einen Kompromiß geben. Warum steuerst du die BASIS nicht zurück in die Milchstraße?“

„Die BASIS darf nicht in die Milchstaße zurück. Der

Grund ist derselbe, warum es eines Tages vermutlich die Kosmischen Basare nicht mehr geben wird!“

Javier wurde bleich. Er spürte Sandra neben sich und ließ es zu, daß sie sich an ihn klammerte.

„Was bedeutet das alles, Hamiller? Sage es uns, damit wir beruhigt Abschied nehmen können!“

„Ende der Kommunikation. Es gibt keine BASIS mehr. Alle übriggebliebenen Schiffe werden eingemottet. Beeilen Sie sich! Dieses Land wird von einer Heerschar Roboter gegen alle Fremden verteidigt werden, die es zu betreten wagen. Übrigens haben Sie mit dem Lösen der Bolzenkupplungen nichts bewirkt. Ich habe den Vorgang unter Kontrolle. Es wird Ihnen nicht gelingen, das Bugteil abzukoppeln und in eine der fernen Sonnen zu transportieren. Und nun endgültig: Leben Sie wohl!“

In diesem Augenblick brach der Heimatalarm ab. Der Glockenklang verhallte, es wurde totenstill. Sekunden später ging in der Hauptleitzentrale das Licht aus, und die zwei Männer und die zwei Frauen beeilten sich, in ihre SERUNS zu kommen und diese zu schließen. Sie suchten den nächsten Weg hinauf auf das Flachdach des Bugteils, wo in der Nähe der Waffentürme ein Kreuzer der THEBEN-Klasse wartete.

9. *Abschied*

Sie sanken einander in die Arme. Bodo war überglücklich, seine Familie gesund zu sehen. Zusammen mit Anthea und Jeffrey zogen sie sich in einen der Panoramaräume zurück. Dort zeigten ihnen die optisch aufgehellten Infrarotaufnahmen, was draußen vor sich ging.

Die sechzehn THEBEN-Schiffe hatten sich um das

Ultraschlachtschiff gruppiert. In größerem Abstand dazu hingen die Trauben der 47 Leichten Kreuzer, der 39 Korvetten, der 78 Zwei-Mann-Zerstörer und der sechzig Space-Jets.

Zwischen ihnen und der BASIS trieben auf gefährlichem Kurs die ersten Segmente. Sie vollführten einen wilden Tanz umeinander, und wenn die Dezentralisierung des Schiffes im bisherigen Tempo vor sich ging, dann würde es Tage, wenn nicht Wochen dauern, bis das gigantische Schiff endgültig zerlegt war.

Von Hamiller kam keine Botschaft mehr, aber noch warteten die Menschen, Galaktiker und Exoten auf eine Botschaft Javiers. Längst war die Frist abgelaufen, und als dann endlich doch ein Rundruf ertönte, da erschien es wie ein Wunder.

„Javier an alle. Es ist nicht gelungen, Hamiller von der BASIS zu trennen und den Fortgang der Dezentralisierung aufzuhalten. Die Zerstörung unseres Lebensraums ist endgültig besiegelt.

Eines möchte ich euch zum Abschied sagen, und vielleicht ist es für den einen oder anderen ein Trost: Die BASIS bleibt intakt, sie muß nur wieder zusammengesetzt werden. Hamiller hat zwar keine Frist genannt, aber irgendwann wird es geschehen, wenn die Ereignisse, die zu dieser Entscheidung geführt haben, vorüber sind. Hoffen und glauben wir, daß es geschieht, solange wir noch leben. Ich wünsche euch alles Gute. Die meisten von euch werden die Milchstraße anfliegen, aber es gibt auch andere Wege. Die MARCO POLO II wird nach Andromeda fliegen. Eines fernen Tages, wenn Hamiller die BASIS zusammengsetzt hat, dann wird es sich herumsprechen, und ich würde mich freuen, euch in eurer Heimat begrüßen zu dürfen. Wir sind Vertriebene, das Schicksal versetzt uns einen schweren Schlag. Wir wollen nicht von hier scheiden, und doch bleibt uns keine andere Wahl. Hoffen wir, daß die Zustände hier eines Tages so sein werden, daß eine Rückkehr uns Freude macht. Das war es, was ich loswerden wollte. Ich wünsche euch, daß ihr den Verlust verschmerzen werdet!

Noch etwas: Teilweise sind euch die aufdringlichen Daniel-Roboter bis in die Beiboote gefolgt und nerven euch mit ihrer psychologischen Betreuung. Wenn ihr es leid seid, werft sie über Bord oder schaltet sie einfach ab."

Eine wahre Flut an Funksprüchen brandete auf. Alle waren sie an das Schiff gerichtet, das noch immer auf der Oberfläche des Bugteils der BASIS stand. Javier meldete sich aber nicht mehr, und nach einer Weile wurde es ruhig.

Jeder spürte, daß jetzt endgültig die Stunde des Abschieds gekommen war. Sie hatten versucht, sich gegen einen übermächtigen Befehl aus der Milchstraße und die Unerbittlichkeit einer Syntronik namens Hamiller zur Wehr zu setzen. Alles war so schnell gegangen, daß viele es noch immer nicht recht glauben wollten.

Jetzt allerdings setzte bei ihnen der Katzenjammer ein. Manche wurden ganz einfach still und zogen sich in die Kabinen zurück, als die ersten Schiffe Fahrt aufnahmen und sich in verschiedenen Richtungen aus dem Bereich der BASIS entfernten. Andere brachen in lautes Gezeter aus. Funksprüche an Starion oder Notrufe an Unbekannte wurden keine abgegeben. Alles spielte sich in großer Heimlichkeit ab. Die Gefahr, Hauri-Flotten oder andere anzulocken und die BASIS wehrlos und ausgeliefert zu wissen, war viel zu groß.

So gewaltig der Lärm im Innern des Giganten gewesen

war, so schweigend zogen sich die Bewohner jetzt zurück.

Sie nahmen Abschied wie auf einem Friedhof. Sie verließen den Friedhof der BASIS, und trotz der Worte ihres Kommandanten rechneten die wenigsten damit, jemals wieder an diesen Ort und in ihre alte Heimat zurückzukehren.

Auch Anthea und Jeffrey verabschiedeten sich still. Marna und Bodo wollten mit dem Jungen und seinem Multijoin in die Milchstraße zurückkehren und sich nach Möglichkeit auf Terra niederlassen. Lubjo verstand den stummen Abschied nicht und freute sich noch immer auf seinen Ausflug nach Andromeda. Er verstand nicht, was vorgefallen war. Und Raggle lullte ihn ein.

Der Mann von Pinterville und die Tefroderin setzten zur MARCO POLO II über, und nach einer kurzen Wartezeit nahm auch das Ultraschlachtschiff Fahrt auf und vollführte eine Wendeschleife, die es in Richtung Andromeda brachte. Das letzte, was Anthea und Jeffrey aus der Nähe der BASIS mitbekamen, war der verzweifelte Funkruf von Sandra Bougeaklis, in dem sie nach Waylon Javier rief, der den THEBEN-Raumer offenbar wieder verlassen hatte. Sandra offenbarte ihm, daß sie ihn liebte und brauchte.

„Hoffentlich ist es nicht zu spät“, sagte Anthea und lehnte sich an Jeffrey. „Ich wünsche den beiden, daß sie sich endlich finden.“

Jeffrey schwieg, und nach einer Weile sagte er leise: „Früher, als wir kleine Jungs auf Pinterville waren, standen wir oft in klaren Nächten draußen unter dem klaren Band der Milchstraße, das es nie richtig Nacht werden ließ auf unserer Welt. Wir träumten von den Sternen und dachten, daß es schön wäre, irgendwann dorthin zu reisen. Seit ich erwachsen geworden bin, bin ich auf dieser Reise. Erst von Planet zu Planet, dann zur BASIS und mit ihr in alle erdenklichen Fernen. Und jetzt gehe ich mit dir – nach Hause. Egal ob Pinterville oder Tefrod. Zu Hause sein. Nur zu Hause sein."

„Alle Sterne verblassen", entgegnete Anthea ebenso leise. „Sie verblassen, wenn wir uns an der Seite eines Menschen wissen, den wir lieben!"

Er war zurückgekehrt. Er hatte sich von einem Antigrav hinab auf die Oberfläche tragen lassen. Ohne spürbare Eile war er hineingesunken in das luftleere und schwerelose Innere der BASIS. In der Hauptebene war er den Korridor entlanggeglitten, und der Eingang zur Zentrale hatte sich wie von Geisterhand geöffnet.

„Ich wußte, daß Sie noch einmal zurückkommen würden, Sir", empfing ihn die Hamiller-Tube. „Ich kenne Sie zu genau und weiß, was in Ihnen vorgeht. Glauben Sie mir, es fiel mir wirklich schwer, so zu tun, als wüßte ich nicht, in welchem Zwischenboden Sie und Ihre Helfer sich die ganze Zeit aufgehalten hatten."

„Spare dir deinen Zynismus, Payne", antwortete er über seinen Helmfunk. Er nannte die Tube beim Vornamen, aber Hamiller tat nicht, als bemerke er es.

„Haben Sie einen besonderen Wunsch, Sir?"

„Nein. Ich will nur nachdenken."

Er setzte sich in seinen Kommandosessel und schloß die Augen. Er dachte an jene Zeit zurück, als er das Kommando der BASIS übernommen hatte. Alle wichtigen Ereignisse seit jenem Zeitpunkt liefen wie ein Film vor ihm ab. Bei jenen Ereignissen, die sich unmittelbar vor der Katastrophe abgespielt hatten, blieben seine Gedanken stehen.

Was war aus der Tarkan-Flotte geworden, was aus

Perry und seinen Getreuen? Würden sie jemals aus Hangay zurückkehren?

Und was war mit ES geschehen und mit ESTARTU?

Und wo stecke Ernst Ellert?

Wenn jemand die Antwort darauf wußte, dann war es NATHAN auf dem Erdmond. Die Lunare Hypersyntronik mußte genau wissen, was sich abspielte und noch abspielen würde, denn sie hatte den Befehl zur Dezentralisierung der BASIS mit Sicherheit nicht leichtfertig gegeben.

NATHAN.

Die Antwort war mit Sicherheit im Solsystem zu finden, und damit kristallisierte sich das Ziel Waylon Javiers heraus.

Sandra Bougeaklis meldete sich. Sie vermißte ihn, und sie verkündete öffentlich, daß sie ihn liebte.

Waylon senkte den Kopf. Eine einzelne Träne stahl sich aus seinem rechten Auge und zog eine feuchte Spur über seine Wange. Er war versucht, ihr zu antworten und sie zu bitten, zu ihm zu kommen. Er unterdrückte dieses Verlangen und blieb stumm. Eine halbe Stunde später meldete Hamiller, daß der THEBEN-Kreuzer Kurs auf Hangay genommen hatte.

Da begriff Javier, daß er für sich persönlich falsch entschieden hatte.

„Sir, Ihr Leichter Kreuzer steht bereit. Ich habe ihn an der Stelle abgesetzt, an der vorher das andere Schiff stand“, meldete die Tube.

„Danke, Hamiller! Wie weit bist du mit der Dezentralisierung?“

„Sie wird in sechs Tagen abgeschlossen sein, Sir. Damit ist NATHANS Befehl ausgeführt. Sir, was ist mit Ihnen?“

„Ich bin krank, Hamiller. Ich habe Geschwüre in meinem Körper!“

„Das ist unmöglich, Sir. Ihr letzter Befund war tadellos."

„Ich weiß. Die Geschwüre haben sich heute gebildet!"

„Es tut mir leid."

„Keine falschen Gefühle, Syntronik. Ich habe einen letzten Befehl für dich!"

„Ich weiß."

„Wenn sich die Lage jemals ändern sollte, dann wirst du einen neuen Kommandanten brauchen. Höre gut zu. Nur ein Terraner darf Kommandant der BASIS sein!"

„Ich verspreche es Ihnen, Mr. Javier. Nur ein Terraner oder wenigstens ein Mensch wird jemals dieses Schiff führen!"

„Das ist gut, Blechkasten. Das ist sehr gut."

Javier erhob sich. Aus einer Außentasche seines SERUNS zog er den vielfach geflickten Kittel heraus und hängte ihn demonstrativ über die Lehne des Sessels. Dann schaltete er das Flugaggregat des SERUNS ein und verließ die Zentrale. Er vergewisserte sich, daß sich die Tür hinter ihm schloß, dann nahm er den Weg, den er gekommen war. Draußen auf der Oberfläche stand der hundert Meter durchmessende Leichte Kreuzer, mit dem er es spielend bis in die Milchstraße und in das Solsystem schaffen konnte.

Waylon rechnete nicht damit, daß der Flug reibungslos vonstatten ging. Er kalkulierte Probleme ein, wie sie etwa die Hauri darstellten.

Er betrat das letzte Schiff, das sich noch auf der BASIS oder in ihrer Nähe befand. Einen letzten Blick warf er zurück auf das in ewige Finsternis getauchte Gebilde, an dem nur vereinzelt Positionslichter leuchteten.

Ein totes Gebilde.

Dann hatte auch Waylon Javier Abschied genommen.

Er hatte den anderen Hoffnungen gemacht. Vielleicht wurden sie für sie wahr. Für ihn selbst war es zu spät.

Waylon Javier machte sich auf in die Milchstraße, um zu sterben.

E N D E